DESDE EL CORAZÓN SIBERIANO

Grandes Novelas

ALMA KARLA SANDOVAL

DESDE EL CORAZÓN SIBERIANO

Una novela sobre Ariadna Efron y su madre, Marina Tsvetáieva

Desde el corazón siberiano
Una novela sobre Ariadna Efron y su madre, Marina Tsvetáieva

Primera edición: octubre, 2018

www.megustaleer.mx

ISBN: 978-607-317-161-8

Impreso en México – *Printed in Mexico*

El papel utilizado para la impresión de este libro ha sido fabricado a partir de madera procedente de bosques y plantaciones gestionadas con los más altos estándares ambientales, garantizando una explotación de los recursos sostenible con el medio ambiente y beneficiosa para las personas.

Penguin
Random House
Grupo Editorial

A María Félix Arizabalo, por acompañar en tempestades

–A Alya

Algún día, criatura encantadora,
para ti seré solo un recuerdo,
perdido allá, en tus ojos azules,
en la lejanía de tu memoria.
Olvidarás mi perfil aguileño,
y mi frente entre nubes de humo,
y mi eterna risa que a todos engaña,
y una centena de anillos de plata
en mi mano; el altillo-camarote,
mis papeles en divino desorden,
Por la desgracia alzados, en el año terrible;
tú eras pequeña y yo era joven.

***

A Rainer Maria Rilke

Rainer, quiero encontrarme contigo,
quiero dormir junto a ti,
adormecerme y dormir.
Simplemente dormir. Y nada más.
No, algo más: hundir la cabeza en tu hombro izquierdo

y abandonar mi mano sobre tu hombro izquierdo, y nada más.
No, algo más: aún en el sueño más profundo, saber que eres tú.
Y más aún: oír el sonido de tu corazón. Y besarlo.

***

Quien ahora no tenga casa,
Ya no la construirá.
Quien esté solo ahora,
Lo estará mucho tiempo
y velará, leerá, escribirá largas cartas y rodará intranquilo de aquí para allá por los paseos entre hojas volanderas.

Marina Tsvetáieva

***

Sí y sí y sí, Marina, todos los sí, a todo lo que quieres,
tan grandes, juntos, como el sí a la vida misma…
pero en él están también todos los diez mil no, los imprevisibles…

Rainer Maria Rilke

Prólogo
Historia de una historia

Marina Tsvetáieva es considerada una de las más grandes figuras de la poesía rusa en el siglo xx. Mujer de personalidad enigmática y espíritu crítico, rebelde, arrojado, adelantada a su época, tuvo una vida intensa, enredada en complejas relaciones afectivas. No hay una sola línea, entre la inmensa literatura epistolar que haya sobrevivido a la destrucción, que esconda o disfrace sus sentimientos hacia quienes amaba y admiraba de una extraña y posesiva manera: Boris Pasternak, Sofía Parnok, Sonechka Holliday, Rainer Maria Rilke, Anna Ajmátova, Andréi Bely, Asya Turgeneva, Osip Mandelstam, su familia…

Marina Ivanovna Tsvetáieva nace en 1892, en Moscú, donde transcurre su infancia. Tiene una instrucción musical y desde muy joven muestra interés por los románticos alemanes y franceses. En 1909 viaja a París, donde toma lecciones de literatura, y un año después a Dresden. *Álbum de la tarde* (1910) es el primer libro que publica. En 1912 contrae nupcias con Serguéi Efron (1893-1941), procedente de una familia revolucionaria ruso-judía, con quien tiene tres hijos: Ariadna (1912-1975), Irina (1917-1920) y Giorgi (1925-1944), o Mur, como le llama de cariño. Sin embargo, es con su primogénita con quien sostendrá una estrecha relación que trascenderá el estatuto de madre e hija. Ese mismo año presenta un segundo poemario, *La lámpara maravillosa*, dedicado a Serguéi.

En 1916 da a conocer el escrito autobiográfico *Historia de una dedicatoria* —título que atañe a esta novela— y *Poemas de Moscú*, textos que, a decir de sus biógrafos, revelan su relación con Mandelstam. Entre 1917 y 1922 prepara seis piezas de teatro y tres libros de poemas: *Versti II*, *El campo de los cisnes* y *Oficio*. Como todo intelectual independiente, tras la Revolución de Octubre vive en la absoluta miseria, separada varios años de su esposo, los cuales quedan consignados en *Signos terrenales* (1919). En 1920 muere de inanición la pequeña Irina, en un hospicio al que, irónicamente, había llevado a sus hijas para salvarlas del hambre.

Hacia 1922, Tsvetáieva viaja a Berlín con Ariadna, su primogénita, luego de enterarse de que Serguéi estudia en Praga, donde ha huido tras la derrota del Ejército Blanco, al que se había unido. La poeta presenta *Versti I*, escrito un lustro antes. También en Berlín se encuentra con el famoso poeta simbolista Andréi Bely, entrañable amigo y maestro indirecto de Marina, cuya influencia será decisiva para resistir los primeros años del exilio.

En 1923 se instala en Praga y escribe su ciclo de poemas dedicados a Boris Pasternak —más conocido por su novela *Doctor Zhivago* que por su poesía—. De esa misma época es

Poema de la montaña (1924). La escritora vuelve a París en 1925, donde sostiene correspondencia con Rainer Maria Rilke, en Suiza; y Pasternak, en Moscú. Se forma así un triángulo poético que se aconseja en medio de crisis personales y políticas. Las cartas del verano de 1926 (Rilke muere en diciembre de ese mismo año) conforman el punto más destacado de una comunicación epistolar excepcional.

A finales de 1937, aún en París, Tsvetáieva recibe la noticia de la implicación de Serguéi Efron, entonces agente secreto de la NKVD,[1] en el asesinato de un exmilitar ruso y de Lev Sedov, hijo de León Trotski, atentados en los que nunca se probó fehacientemente su participación.

Le Segunda Guerra Mundial se avecina y, en 1938, se traslada a vivir a un hotel donde escribe "Poemas a los checos", con motivo de la anexión nazi. Ariadna Efron, quien la ha acompañado en todo momento, se convierte en traductora; la joven comienza a chocar con Marina y decide regresar a Moscú para atender a su padre, quien sufre de un mal cardiaco, pero también para retomar la vida en su patria. Marina seguirá sus pasos en 1939, junto con el joven Mur. El panorama que encuentra a su regreso a Moscú es desolador: Anastasia, su hermana, realiza trabajos forzados; Serguéi y Ariadna, quienes vivían a las afueras de la ciudad, bajo constante vigilancia, serán detenidos dos meses más tarde.

Ya no hay sosiego en la vida de Marina, sobrevive con traducciones, en la más absoluta pobreza, temerosa por el bienestar de los suyos. En 1941, después de que su marido

1 El Comisariado del Pueblo para Asuntos Internos, es decir, la policía secreta, que eventualmente se convertirá en la KGB.

fuera fusilado y su hijo entrara a un campo de concentración, Marina Tsvetáieva es evacuada a Yelabuga, donde pone fin a sus días.

Ariadna Efron cumplió una larga condena en los campos de reeducación del Estado soviético, los gulags, que son realidad campos de trabajos forzados, hasta que en 1957 fue liberada. Gracias a ella fue posible rescatar la obra de Marina Tsvetáieva. Su historia está inexorablemente ligada a los aciertos y errores de sus padres. Ariadna se encargó de purgar sus condenas y de redimirlos.

Aunque las siguientes páginas recrean algunos pasajes de la vida de Ariadna Efron y la de su madre, la mayoría de las situaciones y los personajes son ficticios, y como producto de la ficción, e imaginación, invito al lector a acercarse a esta novela, trenzada con amor y admiración a dos mujeres contrarias e idénticas, como suelen ser madres e hijas.

Y una última nota: los poemas incluidos proceden de *Antología. 100 poemas*, versión de José Luis Reina Palanzón, y hecha esta aclaración, me permito abusar de este espacio para extender un reconocimiento a quienes han traído al español el trabajo de la gran poeta rusa, especialmente a la traductora mexicana Selma Ancira, quien me reveló la generosa obra de Marina Tsvetáieva, y de cuya obra parto para recrear este libro.

Esta obra no se habría escrito sin el afecto de quienes la alentaron: Gerardo de la Cruz, Helí Morales y los colegas del taller de Francisco Rebolledo en Cuernavaca.

PRIMERA PARTE

1
Un canto en la tormenta

PISAR UN GULAG ERA SENCILLO. BASTABA CON PARECER espía y, como cualquiera podía aparentar, un inocente comentario a favor de los zares, una amistad considerada burguesa, una discusión neutral que no ensalzara los logros de la Revolución, el mínimo contacto con extranjeros, eran considerados delitos gravosos que hacían de cualquier inocente un traidor. La maquinaria de la hoz y el martillo succionaba la sangre rusa como fuente de vida. Condenadas a tareas extenuantes —algunas imposibles de realizar bajo el clima extremo y la hambruna, pues la ración de pan escaseaba con frecuencia—, las mujeres sobrevivían a causa de un azar incomprensible. Al comienzo, el olor y la desnudez raquítica del cadáver impresionan causando un vómito ácido que se congela. Luego el dolor y el asco, se convierten en costumbre y, como tal, incomoda cada vez menos, al punto de que amanecer hacinadas en la crujía correspondiente y tener que hacer a un lado el cuerpo de una amiga, ya no era raro.

También se aprende a escucharlas morir, a identificar la naturaleza de los estertores. Mientras más años, menos lucha, menos drama en esas respiraciones que se entregan a lo eterno con la tranquilidad negada en el gulag. Las jóvenes tardan. Su combate resulta estremecedor. Si hacen mucho ruido, se les ayuda colocándoles una manta que eriza más la piel de la donadora. Suele pasar que cuando las enfermas sienten un poco más de calor, bajan la guardia y mueren. Una vez que sacan los restos, sobreviene el silencio reflexivo de siempre: al menos esa amiga descansa, ha escapado, ha evadido la encomienda injusta de cargar el trineo con maderas pesadas, terrosas y húmedas; al menos esa mujer que ha muerto ya no tendrá que seguir las órdenes de los custodios, ni soportar sus burlas, sus gritos. Se trata de un silencio de nieve que cada una lleva al interior como un enemigo creciendo.

Y es que Siberia es de por sí asesina, con los años será llamada "el gran cementerio de Europa" por los más de veinte millones de muertos que causarán las ideas de un porvenir glorioso con la llegada de otro hombre a comienzos del siglo XX; pero nada de eso será realidad, sólo las temperaturas que congelan la respiración.

Los gulags se extendieron sobre esas millas de tundra desierta. Los prisioneros construían caminos, ferrocarriles, plantas de energía, minas en las que eran obligados a permanecer más tiempo del recomendable. El régimen pensaba que con prisioneros todo era posible: lo único que se necesitaba era una barraca, una estufa con una chimenea y, de algún modo, ellos continuaban de pie. Es verdad que en el campo de concentración al que Ariadna fue referida, ubicado en el corazón siberiano, la rotación de las prisioneras era necesaria por la ubicación misma del gulag y el tipo de labor: juguetes de roble oscuro, caballos de crines espesas, osos de pezuñas afiladas, peces de colores brillantes que parecían un escándalo en medio de la negrura de las tardes o debajo de los cielos grises. Como el taller necesitaba de manos finas, talento en el trazo o precisión al cortar la madera, eran menos las obligadas a salir en su búsqueda. Los castigos operaban con ese fin. Una falta merecía diez vueltas al campo para traer maderos que incrementaran la producción de osos y peces. Las internas vivían con terror, puesto que varias de esas condenas las debilitaban hasta enfermar. Sabían que ahí, de una afección, ya nadie vuelve. Además, los guardias les infligían maltratos indecibles, como en los otros 476 campos que existieron.

Recién llegó Ariadna, le negaron el alimento durante casi tres días. Estaba separada en el diminuto calabozo de recepción. Gritó y un guardia acudió de inmediato con un plato de avena cruda que le arrojó al rostro. Se limpió los párpados. Lamió lo que había en su cara y en el suelo. Le quedó claro que debía seguir aquellas órdenes.

No sospechaba que eso era lo menos cruel por ocurrirle. Las duchas con agua fría, las vejaciones con cintarazos mientras los militares se carcajeaban. En suma, la desmoralizante bienvenida que padeció casi la convenció de rendirse, de intentar un suicidio por la vía que fuera, incluso la de soportar cada día helado hasta que el cuerpo no pudiera más; pero había una esquirla potente en su interior, un recuerdo de la brisa en las playas del sur, una línea de alguna obra de teatro que disfrutó en Italia, un beso furtivo que jamás contó, una broma de su padre, una sonrisa del color del cristal en su hermana, un ángulo inédito en la mirada aguda de la madre que tomaba la pluma a veces como si fuera un cuchillo, otras como una varita mágica de nigromante todopoderoso. Con eso bastaba para cambiar el rictus, para respirar hondo y que el fuego de la psique llegara a las pupilas.

Sólo una de las compañeras del taller preguntaba por ese gesto valiente. Se llamaba Evgenia, pero como todas, era un número: 1678, así le decían. Su edad era un misterio porque no peinaba canas, pero las arrugas describían más de cincuenta años que se habían vivido con aplomo y mucha suerte; 1678 había sido apresada por anarquista cerca de Crimea. El viaje hasta Moscú duró semanas que se alargaban como una mirada que se pierde en el horizonte. Los presos en aquellas travesías eran despertados a golpes y arrojados como costales a las insalubres bodegas del barco. La familia de Evgenia poseía vastas extensiones de tierras en cuyos bosques corrían ríos delgados y gruesos. Políglota, viajera, y con una biblioteca propia, decidió muy joven que no quería casarse con un descendiente del zar. La algarada de su negativa trajo oscuras consecuencias y por eso la muchacha tuvo que huir vestida de campesino. El profesor de una aldea le dio alojamiento. Pronto se enamoraron; sin embargo, fue más rápida la carrera que emprendieron juntos al interior de un laberinto anarquista que condenaba al poder por el poder mismo. La pareja se oponía al avance del Ejército Blanco y a la oleada bolchevique en ascenso. Con siete meses de embarazo, Evgeniska tuvo que escapar de nuevo cuando un militar disparó al pecho de su cónyuge. Sin tiempo para llorarlo o enterrarlo, anduvo de prisa por el bosque hasta llegar a un pueblo, donde debido a una hemorragia la llevaron con la comadrona de la villa. La caridad la salvó, pero el bebé nació muerto. Una vez recuperada, la joven mujer continuó militando. Se unió a los anarquistas del Cáucaso, con quienes atravesó el duelo por partida doble hasta que la época fue enrojeciendo y asesinando a todo aquel que no se doblegara ante la Revolución. Mujer y anarquista, la capturaron en su tercer escape, esta vez rumbo al Mar Negro.

—Las únicas olas que vi fueron las de mi llanto —explicó Evgenia anudándose el pañuelo—, pero de eso ya no conviene hablar y menos aquí. Mejor dime qué secreto guardas que se te mira contenta cuando pintas los horrendos juguetes de siempre.

Ariadna se encogió de hombros e hizo una mueca.

—No hay nada especial en mi historia, te la contaré algún día —hizo una pausa, como si forzara la memoria—. Tengo algunos gratos recuerdos para evadirme.

—A mí lo único que me ayuda es pensar que después de todo esto ya podríamos estar muertas, hemos aguantado lo que nadie —respondió.

—¡1678 y 1701, silencio! —ordenó el guardia.

El taller estaba compuesto de cuatro mesas rectangulares y muros formados por troncos de coníferas que, al no estar bien unidos, dejaban entrar el aire polar. Las prisioneras permanecían ahí de nueve a diez horas con un solo descanso para beber té negro y pan o sopa. El desayuno y la cena era sólo una galleta redonda, salada, sin nutrientes. El menú no varió durante los ocho años que Ariadna estuvo encerrada. Sabía que la Segunda Guerra Mundial había pasado, que la Unión Soviética venció a los alemanes. Por todos lados se escuchaban himnos celebrando a la Gran Madre Rusia, cantos de victoria, de futuro promisorio. Incluso los guardias se mostraban menos crueles, cierto estrés había desaparecido de sus gestos.

Las reclusas no entendían la razón por la cual no las liberaban; sabían que debían seguir sirviendo a su nación, pero si el país había ganado con la ayuda de la otra mitad del mundo, una mitad poderosa, no tenía sentido que los campos de trabajo siguieran abiertos. O sí, si la idea era mandarle un mensaje de poderío al planeta. Lo que no supieron, sino hasta después, es que en pocos países se tenía noticia de los gulags. En Francia, Suiza y Alemania, por ejemplo, desconocían su existencia. Y es que el grado de incomunicación era tal, que incluso se tenía prohibido, bajo pena de muerte, dibujar dentro de ellos; cualquier huella de lo que realmente ocurría en estos "centros de reeducación" era borrada o reprimida. Tampoco se permitía la entrada de cámaras, de gramófonos, de ninguna tecnología que registrara audio o imágenes. Los campos de trabajo eran un secreto sucio que se pudría lentamente.

En enero de 1946, la temperatura descendió más de lo esperado. La nieve derretida en el techo de los dormitorios y talleres goteaba sin cesar. Las prisioneras cargaban sus pesadas botas húmedas de un espacio a otro. Los vientos atroces parecían arrancar de la tierra esos cubos de arce barato donde se guarecían. El clima no era lo más preocupante, sino la desesperación de las prisioneras, el miedo a una tragedia colectiva en esos momentos. El nerviosismo de los guardias era notorio, tanto, que se retiraron a su refugio, una especie de búnker. Su plan era resistir la tormenta para estar salvo cuando ésta pasara y no quedara más remedio que arrastrar los cadáveres y ultimar a las sobrevivientes heridas de gravedad. Sin embargo, todas ellas resistían juntas como pingüinos que se dan calor para no morir en circunstancias aciagas. Incluso daban vueltas en espiral a sugerencia de 1678, lo que las mantenía lúcidas, atentas. El ruido de los vientos, que se llevó la mitad del techo del taller, casi las enloquece. Tenían que mantener la calma y, para lograrlo, una mujer de ojos turquesa comenzó a cantar. Las demás la siguieron por esas coplas infantiles que enseñaban en las escuelas en tiempos del zarismo y los cisnes majestuosos. No obstante, nadie podía oírlas, el canto las liberaba, abría una minúscula posibilidad de seguir con vida mientras se movieran o navegaran a su modo. De tal suerte que no paraban de cantar. Cada una de las prisioneras entonó sus letras y se escucharon lenguas distintas, de repúblicas lejanas, corredores mongólicos, selvas oscuras, valles exuberantes y costas con ritmos cálidos. Se les pasó el tiempo así, recordando lo que debían cantar antes de morirse, puesto que eso creían. Callaron cuando paró la tormenta y luego se vieron las unas a las otras temblando, sacudiéndose la nieve de los abrigos, frotándose brazos y piernas, dándose abrazos de sobrevivientes impensables. Hicieron un círculo. Alguien encendió la estufa, una mujer de cabello platinado, quien, a pesar de los acontecimientos, se resistía a caminar sin estilo. Otras dos jóvenes se las arreglaron para improvisar una fogata. Los custodios no tardarían en volver. Las que tenían energía para hablar, hablaron. Agradecieron a sus dioses; otras lloraron de felicidad por primera vez. Algo había cambiado para siempre en los corazones de ese gulag. Acercándose al fuego cuanto podía, 1678 comenzó a recitar poemas. El pulso se le aceleró a Ariadna, no podía creerlo, esa mujer sabía de memoria lo mejor de Pushkin:

—*Su muerte oí de un labio indiferente y con indiferencia la escuché. Y mi alma la amó con tanto fuego, con una turbación...*, perdón, no recuerdo qué sigue —admitió la anarquista, luego de declamar esos versos con los ojos cerrados.

—*...Con una turbación tan dolorosa, con tanto sufrimiento y extravío* —completó Ariadna la estrofa del poema mirando fijamente a su amiga.

—¡Te sabes "Bajo el cielo azul de su tierra nativa", de Pushkin! —exclamó asombrada la cincuentona—. ¿Cómo es posible?

—No es difícil si en tu casa escuchabas a tu madre declamar día y noche la obra de ese autor.

—Debiste tener una madre culta o una familia adinerada.

—Lo primero, sí. Lo segundo, bueno, no crecí con apuros económicos. Soy la hija mayor de Marina Tsvetáieva.

—¡No puede ser! ¿En verdad? Recuerdo algunos de los textos que publicó. La pensaba en Francia, junto a su familia. Hasta donde supe, había huido —habló rápido 1678, mirando de reojo que no vengan guardias, abriendo y cerrando los ojos ante la sorpresa.

—Sí, ella es mi madre. Y no, no sigue en Francia. Regresamos todos a Rusia, queríamos volver a encontrarnos como familia en nuestra patria. Yo volví, un poco antes de 1939. Luego mi hermano. Nuestro padre nos esperaba feliz, contento de que ahora sí podríamos recuperar el tiempo que se perdió en el exilio. Marina... mamá, quiero decir, no estaba segura de regresar, pero al final lo hizo y… ahora no sé dónde está —reveló Ariadna mientras las prisioneras volvían a sus puestos.

—Terminarás enterándote. No creo que mueras aquí.

—No lo sabemos, Evgenia.

—Yo sí lo sé, eres una prisionera política por vía indirecta. Han liberado a todos lo que no presentan cargos directos. Pronto será tu turno. Piensa qué vas a hacer una vez que seas libre.

—Lo tengo claro.

—Entonces no hay nada que temer. Luego me cuentas tus planes que, mira, esos bastardos ahí vienen.

Los silbatos de los custodios rompieron la atmósfera. Llegaron corriendo con sus capas azules moteadas por la nieve. Gritaban. Ordenaban. Las mujeres tuvieron que limpiar el desastre, secar los corredores, reacomodar mobiliario y soportar el castigo de no tener cena por haber encendido una fogata. Empezaron con los escombros del techo. A Ariadna le sangraron las manos, al intentar curarlas, notó que se habían vuelto idénticas a las de su madre.

2
Penélope macabra

Sabía que era un sueño, pero no podía despertar. Trataba de volver a ese barracón amplio donde dormía hacinada con otras doce en su misma condición. Con ella, el número maldito se cumplía. El trabajo las dejaba sin fuerzas, aunque había un momento, antes de cerrar los ojos con profunda resignación y escarcha negra en el espíritu, en que un buen viaje del lado de Morfeo se hacía posible. En esa otra vida, la del inconsciente, podían ocurrir experiencias alejadas del horror cotidiano del gulag. No obstante, la realidad permeaba incluso ahí.

Lo que Ariadna soñó era nuevo, de cierta forma, y también familiar en el estricto sentido de la palabra. La mujer fumaba en su boquilla de cerezo. Encendía el cigarrillo con la luz mortecina de otro que aún brillaba en la penumbra de una habitación angosta. Lloraba. Cada espasmo se detenía al exhalar el humo, casi envenado, proveniente de aquellos pulmones deprimidos. Luego se levantaba para buscar tinta en unos anaqueles. Al escribir, el rostro se le transformaba mientras la mano, veloz, hacía lo suyo: trazar letras claras y redondas que daban fe del mundo a imagen y semejanza de la tortura. Era su madre, la poeta Tsvetáieva.

Marina había nacido en el seno de un ambiente sensible. Sus padres eran lectores incansables. En ese paraíso infantil reinaron dos elementos: la música y las artes plásticas. El primero, por la madre, que la introdujo en el piano; el segundo, por el padre. Ella se quedó con los acordes, con el dramatismo en las piezas que le interesaban. No así la pintura, pues de ésta sólo le llamaba la atención la historia detrás de los cuadros, nada más. Lo suyo era la imaginación condensada en versos con imágenes precisas, con un ritmo a prueba de silencios ensordecedores. Se casó enamorada, antes de los veinte años, con un hombre de ideas y acciones congruentes, que no dudó en tomar las armas para defender sus convicciones. Al comienzo, Serguéi Efron, su marido, no estaba del lado de la revolución bolchevique. El teatro y el anarquismo los unieron en la aventura romántica. Después sobrevinieron largos años de fuga, de persecución del régimen, que no habría de abandonarlos. Esas circunstancias derivarían en un matrimonio de soledades y distanciamientos que nunca asumió su desenlace. Las infidelidades de Marina eran escandalosas para el círculo de amigos, que no entendía como Serguéi no la abandonaba.

Tuvieron tres hijos, la menor murió de inanición cuando la madre la dejó en un orfanato para que ahí pudiera alimentarse. Paradojas terribles signarían la existencia de la escritora que era una persona de honor, de deber. Incapaz de consentir con los críticos de su tiempo, de matizar sus opiniones, de no tocar en su obra temas prohibidos, fue marginada en la Rusia antes de Stalin y en la posterior. Como buena nostálgica del zarismo, condenó el avance revolucionario. Intensa, original, soportó todas las crisis de su tiempo, hasta que la presión se hizo brutal. Contra todos los consejos, pronósticos y en contra del más puro sentido común, Marina volvió a Rusia en 1939.

En el ensueño de Ariadna, su madre buscaba unas maletas debajo del catre blanco donde ésta dormía. Extrajo la más grande. Con unas correas de cuero gris, que el admirado Pasternak le regaló, hacía que ese rectángulo, con varias pertenencias dentro, cerrara bien. Contempló dichas coyundas largo rato como quien acaricia con frenesí una idea. Alzó la vista y notó que las vigas del techo no eran tan altas. Procedió despacio, ayudándose de la única silla que colocó sobre el colchón duro. No tuvo miedo de perder el equilibrio. Lo constató al lanzar el extremo de la correa hacia el techo. Ese tren interior, que la convertiría en un péndulo humano, ya no iba a detenerse. Hizo una circunferencia con la correa más oscura. La usó como collar. Saltó con los ojos cerrados. El rostro se le amorató enseguida. La lengua asomó de su boca como un colibrí tornasol. Ese menudo cuerpo bailaba, de un lado a otro, con el ritmo de unos versos imposibles.

Ariadna seguía contemplando sin poder intervenir en la escena. Creyó ver la última sonrisa de su madre cuando ésta estaba a punto de brincar, pues seguramente Marina se sentía ansiosa. Necesitaba descansar por fin, ponerle un alto al dentelleo de sus dientes cuando iba a prisión a buscar a su marido. También a ese tic nervioso que le impedía dar las gracias a los vigilantes.

Ariadna no podía dejar de mirar aquel péndulo de huesos y arterias. Luego, como si se tratara de un calidoscopio, las visiones se deformaban, se volvían vertiginosas. Soñaba, estaba segura, pero no podía salir de tal embrujo. Desesperada, sudorosa, volvió del trance. Nadie en el gulag se había dado cuenta de la pesadilla. El silencio profundo del barracón la inquietó. La mayoría de esas mujeres fueron detenidas por delaciones de vecinos o compañeros de trabajo. Enamorarse, claro, también podía ser fatal si el otro era un extranjero. No obstante, muchas veces bastaba con tener uno o varios parientes ya detenidos, para homologar la suerte en esa prisión que las convertía en un monstruo o les daba una coraza. Ahí, cada mujer era una enemiga del pueblo, pero la gran mayoría no lograba entender en qué consistía su transgresión. Las jóvenes, ni idea. Las ancianas, con todo y la larga experiencia de haber visto cualquier vejación, tampoco. De hecho, los abusos sexuales estaban normalizados en los gulags, aunque según las "estrictas políticas" de ese ejército, la violación estaba prohibida. Las prisioneras dejaban de sorprenderse cuando eran requeridas para ello, pues el soldado en turno, en la primera oportunidad, las sometía de pie o tumbadas en los talleres oscuros, en una esquina del comedor, de madrugada; o cerca de los excusados. Generalmente, los abusos se daban casi a la vista de algunas que desviaban la mirada con la esperanza de que su momento, que indefectiblemente llegaba, se demorara fingiendo que no pasaba nada. Sólo era cuestión de una lotería salvaje, nadie se podía salvar de una vejación sexual que, con el tiempo, parecía ser el menor de los males.

El absurdo también se cumplía con la naturaleza del trabajo que eran forzadas a realizar. Como Penélopes macabras construían muros que debían derrumbar al día siguiente. "Así se mantienen en calor y soportan un poco más para otras tareas que sí son importantes", llegó a decir un sargento con su sonrisa podrida y congelada, vestido con un grueso abrigo de pieles, lo cual le confería el aspecto de una fiera salvaje. Las temperaturas rara vez subían de los diez grados bajo cero. Las argucias de las presas para sobrevivir en ese tiempo "de tristeza sin expectativas", como a Ariadna le dio por llamarlo, eran indecibles. La mutua cooperación, la complicidad, la vigilancia entre unas y otras era esencial para seguir de pie. Como varias eran prisioneras políticas, poseían una buena cultura lectora. Habían asistido a teatros, viajado por algunas regiones de Rusia; habían cultivado el arte de la conversación con clase, por lo que también tenían el gusto de memorizar poemas que se declamaban unas a otras. Ése era uno de los juegos cotidianos con el que desarrollaron una destreza que les ayudó a ejercitar la mente y, sin saberlo hasta después, un potente alimento espiritual que les permitió sobrevivir a las tormentas.

3
Cuaderno negro para el ojo

Marzo, 1911

Dejé la escuela. Demasiada estupidez y prohibiciones. No les creo a los maestros. No tienen pasión por lo que leen. Son aburridos, fofos y acartonados. No puedo con las órdenes, con tener que quedarme callada cuando alguien que no tiene suficiente información habla sin estar seguro de lo que comenta. Y es un alguien que se multiplica, sea hombre o mujer. Todos esos profesores caminan igual. No los tolero, demasiada ignorancia en sus cabezas, poco interés por la literatura.

Es cierto que me faltaban pocos meses para terminar los estudios, de cualquier manera, me serán inútiles. Soy poeta. No necesito la tortura de un liceo donde uniforman a todos.

Octubre, 1914

La pienso con la fuerza que enciende la piel y las ideas. Sofía parece un vendaval que abre los portones cuando ríe. Los forasteros celebran su belleza en cada uno de nuestros viajes. Yo, que por las noches invento nuevas formas de besarla para escuchar sus gemidos inéditos, me sé orgullosa del modo en que la miran. No siempre paseamos de la mano, pero cuando un desconocido se toca el sombrero al encontrarla, acaricio su cabellera con discreción. Ella cierra los ojos. A solas, recuerdo ese momento para acelerar mi orgasmo. Nunca falla. Se desea lo deseable. Sofía duerme exhausta después de nuestros bailes al desnudo. No sé si me gusta más vestida o sin ropa. Como sea, esos ojos como astros que surcan la noche y el día son los mismos.

Noviembre, 1915

Es infernal, lo sé. Algunos conseguían un perro o un gato para entretenerse cuando niños. Yo no. Mi mascota era un demonio. Sostuve con él la mejor de las relaciones que puede existir entre dos compañeros de juegos. No había juicios entre nosotros. Eran románticos esos momentos por las tardes con mamá al piano y mi amigo aplaudiendo sin que nadie lo pudiera ver. Sólo yo.

Marina Ivanovna Tsvetáieva.

[s.f.], 1916

También el amor de las mujeres puede convocar tormentas. Sofía se ha vuelto asfixiante. La encontré leyendo mis cartas a escondidas. Reclamos, discusiones que fueron hiriéndonos como esos huracanes que destrozan islas completas. Y es que cuestiona mi voz que le habla a otros con mismas palabras —las mismas palabras que la sedujeron—. Esa persecución shakespeariana desde que comienza el día hasta que acaba, me altera los nervios. El desamor es un cautiverio. Así que claro, todo terminó con un portazo de viento oscuro, de lluvia envenenada.

Julio, 1917

Mi primogénita es un duende, una sílfide, una ondina. Las luciérnagas la alumbran y no hay abeja en su sueño que no deje sin miel a los tulipanes que dibuja.

Mi Ariadna no tiene más hilo que el de la sangre que nos une.

No es una joven laberíntica. Al contrario, podría sobrevivir en el desierto, si quisiera, por la serenidad con que actúa. Si se arriesga, saltaría hacia el fondo de un precipicio en nombre de una causa o, tal vez, de un amor. Le digo "Alya" para abreviar el llamado, y acude abriendo la luz que sale de su boca cuando responde: —Sí, mamá.

Agosto, 1917

El aliento es el compás del alma. Una persona no puede entenderse con otra si no camina a su lado, si no duerme mientras escucha su respiración. Tener esa claridad implica —cada vez estoy más segura— elegir una presencia, pero serle fiel a un sentimiento.

Agosto, 1917

Los poetas son los únicos amantes de una mujer.

Septiembre, 1917

He viajado varias veces en este año, de Moscú a Crimea. Desde el tren es posible ver varios lagos donde los cisnes llegan a descansar.

Paso horas descifrando su elegancia. El horror político por el que atravesamos no los toca. Son un verdadero ejército, pero de bondad genuina. Son una metáfora que no me atrevo a entender. O tal vez sí, sólo las huestes zaristas, las primeras, las que no tenían en mente asesinar a nadie, son como los cisnes.

Octubre, 1917

Me quedo con lo negro, lo gitano, lo judío, lo que siempre está en fuga. Elijo arrancarme la patria que me pertenece, pero ya no sé si pueda recibirla con los brazos abiertos. Me quedo con el ojo con el que estoy alerta. El izquierdo sigue enrojecido, infectado, incapaz de derramar más lágrimas. Elijo quedarme, aunque por poco tiempo. Otra vez estoy embarazada. Comenzó octubre y con él, otro apocalipsis.

Noviembre, 1917

Moscú es oscuro entre la negrura de su espíritu. Moscú no tiene una palabra que la defina, no es un lugar donde recitar versos sin ahogarse o jugar a que uno se muere en las estaciones de los trenes donde la gente se va y se despide con el corazón endurecido, quemado por su propio incendio.

¡Nada importan nuestros automóviles, nuestro Lenin, nuestros bebés proletarios, nuestro Trotski, nuestras burguesías agónicas, nada, nada en absoluto! Nosotros tenemos recuerdos de la vid, de grandes salones, de una hermosa zarina, pero nosotros, más allá de nosotros, con nosotros, ya no somos más.

Diciembre, 1917

Aquí las razas se confunden en los trenes, todos viajamos para salvar lo que nos queda y no sabemos qué es, ni hacia dónde ir.

Atmósfera de un vagón.

Parece que vampiros rondan en los muelles donde se dispara desde viejos versos. ¿Qué será de nosotros? Dios salve y cuide la oración de mi sangre.

4
El miedo venía del aire

El sabor de la pesadilla aún no abandonaba el pecho acelerado de Ariadna. Temió una arritmia, pues tenía un corazón problemático, herencia de su padre; a veces los latidos se le hacían muy lentos; otras, se aceleraban peligrosamente. Esa tarde oscura, quizá animada por la nostalgia, le contó a Evgenia cómo la detuvieron.

—No éramos originales, sino dos jóvenes enamorados. Nos conocimos apenas llegué a Moscú. Los problemas entre mi madre y yo eran frecuentes. La distancia nos haría bien. Demasiada compañía, demasiado espejo la una de la otra. El aire que respirábamos ya era insuficiente. Mi manera de pensar se distanció de la suya. Necesitaba vivir por mi cuenta, alejarme de la intromisión irremediable de Marina en mis asuntos. Siempre hemos sido muy sensibles. Imagina dos espíritus a los que las palabras dichas sin pensar, en medio de una pelea por nimiedades, calan hondo. No, no podíamos olvidar fácilmente una ofensa. Nos enredábamos horas en reclamos. Empecé a extrañar Moscú o, más bien, a idealizarla. Echaba de menos la ciudad y a mí misma andando por sus amplias calles, jardines inmensos, paisajes con cúpulas doradas y palomas. Viví en la capital rusa hasta los ocho años. Pensaba, quizá por eso, que en Moscú sería independiente, encontraría plenitud. Además, estaba mi padre, sus cartas, su enfermedad. Temíamos que el corazón se le detuviera en cualquier momento. Le hacíamos falta. Me sentía culpable. Toda la vida siguiendo a mi madre de un lado a otro hasta que me ahogué en su voz. A su lado no dejaba de ser pequeña. Cuando tomé el barco que me trajo de regreso, estaba feliz. Obtuve un trabajo con todo y que las purgas eran una realidad muy temida, ya sabes. El recelo comenzaba. En la entrevista para conseguir el empleo en la Unión Rusa de Periodistas me preguntaron todo. Los reclutadores eran miembros infiltrados de la NKVD, pero el sueldo no era despreciable. Nunca me habían pagado tanto dinero por unas cuantas horas realizando una labor que me era sencilla, incluso relajante a pesar de las exigencias del oficio periodístico: transcribir notas, traducir algún documento, etcétera.

Cuando lo encontré, Samuil vivía con otra persona. Pero el desamor le fluía en los ojos como una helada de marzo. Nos entendimos por nuestra afición a la poesía francesa, las caminatas crepusculares, las largas conversaciones. Primero nos hicimos amigos. Comprendía muy bien mi trabajo y estaba interesado en todo lo relativo a él. No eran tiempos sencillos, desde 1932, cuando el Partido disolvió las organizaciones independientes y asumió el control de todas las cuestiones culturales, el fanatismo, la arrogancia y la incultura nos gobernaron. La indignación y la confidencia nos volvieron cómplices. Me contaba de sus querellas con la mujer ucraniana con quien dormía y cuyo agradecimiento hacia ella no lo dejaba desatarse. Pero huyó una noche con lo que traía puesto y así, sin aviso, se instaló en la cabaña de tres cuartos donde me alojaba con mi padre. Estaba acostumbrada a la compañía femenina, a compartir el espacio con otra. De súbito, era la única mujer en la casa. Reiné, de alguna manera, en los corazones de dos hombres. Samuil lo había dejado todo, incluido el trabajo en una biblioteca que el régimen desmanteló poco a poco para llenarla, después, con títulos que los censores de la revolución aprobaban. Por esas fechas comenzaron nuestras charlas, temerosos, y como la mayoría, hablábamos mientras freíamos huevos o salchichas cada vez más difíciles de encontrar. Nos habituamos a vivir susurrando. Hasta cuando nos reíamos bajábamos de inmediato el volumen. El miedo venía del viento como si fuera un polvo inaudible. Siempre he creído que la mugre tiene una canción, que la suciedad es un solo de violas ácidas.

Nuestra rutina no difería mucho de las de los matrimonios recién estrenados en aquella Moscú cada vez más rígida, obligada a ir olvidando su pasado imperial. Pero qué te cuento yo a ti, entiendes de qué hablo. Está bien, si lo que quieres es que te diga que fue el mejor amante que he tenido, es verdad. No entendíamos bien cada noche. Quedábamos exhaustos de placer a veces sólo con vernos y adivinar las caricias, el final y reinicio de lo que vendría. Llevábamos un trópico por dentro, una vegetación corporal cuyas flores se abrían en mi piel con el tacto de Samuil, a quien amaba y con quien aprendía que existen inéditos ritmos en mi respiración. A pesar de esas faenas, nos levantábamos temprano. Desayunábamos juntos, por supuesto. Mi padre solía abrir los ojos después y nunca nos importunaba en aquellos felices lances matutinos. Después decenas de besos, cada uno se marchaba a sus deberes. En ocasiones nos encontrábamos de nuevo, a la mitad del día, para almorzar. Si no, evitábamos demorar el regreso a casa. Nunca confié tanto en nadie. El apoyo que él me daba, la puntualidad, corrección y devoción en cada uno de sus actos era intachable.

Cuando Marina volvió, su presencia cambió muy poco mi relación con Samuil. A ella le hacía bien sentirse aún más acompañada. Traía encima la tolvanera del exilio, esas partículas de soledad que tardan en sacudirse. Todo el tiempo nerviosa, no hacía más que preguntarnos si nos habían seguido. Casi volvemos al rosario de discusiones que nos había separado; sin embargo, mi padre, sereno y salomónico, sabía ponerle fin a un conato de disputa. Serguéi tenía el don de calmar a mi madre con tan sólo tocarla un poco o mirarla despacio. "Son jóvenes, están enamorados, ni se percatan de lo que el Partido es capaz", escuché que le decía a su esposa. Estaba en lo cierto, vivíamos, a nuestra manera, encerrados en un sentimiento que nos alejaba de precauciones que considerábamos inútiles, pero precauciones, al fin y al cabo.

Sucedió una mañana de junio. Disfrutábamos del sol en el patio frontal de la cabaña. Recuerdo que nos despedimos como cada viernes con la certeza de encontrarnos en el café cercano a la estación del tren, a eso de las cinco de la tarde. Pero no llegó. No volví a verlo. Lo interceptaron saliendo de su nuevo empleo como traductor en una oficina naval. Dos hombres de la NKVD lo subieron a un auto. Debieron torturarlo durante semanas enteras. Aguantó poco, quizá tres semanas. Firmó la delación con letra firme, no temblorosa. Se tomó su tiempo. Me acusaba de traidora, de enemiga del pueblo, de espía francesa, de colaborar en una célula terrorista. No daba crédito. Leí esa página todas las veces que pude cuando fueron por mí a finales de agosto. Sabíamos que estaba detenido, pero nunca supimos dónde. Serguéi, Marina y yo lo buscamos con toda la gente que conocíamos y también con la que no. Entonces aún pensábamos que algo podría hacerse si procedías con rapidez, si aportabas pruebas fehacientes de que las acusaciones eran absurdas. A mi padre le costó la vida entender que no era así; habíamos entrado en una era delirante, en el ojo del huracán de las purgas.

Como todo prisionero termina enterándose después, los verdugos del Partido son más crueles con los traidores. Delatar a las primeras de cambio es un grave error, porque dictan más rápido tu sentencia de muerte. Basta con que acuses a uno, para que te expriman nombres a diestra y siniestra por todos los medios posibles. A los que delatan los envían a los campos de trabajo más extremos, a las minas del círculo polar. La condena casi siempre rebasa los veinticinco años. Primero, te quiebran con golpes, amenazas, con un insoportable terror psicológico.

Antes de que lo fusilaran, cuando ya me habían detenido y mi padre enfermaba cada vez más en prisión, me enteré por Marina de que Samuil la ayudaba, pues solía mandarle algunos víveres. También le hacía llegar papel, tabaco, té, jabón, es decir, lo básico para sobrevivir a la detención de un esposo y una hija. Duró poco aquello. La persecución llegó al límite. Nadie, bajo ninguna circunstancia, se podía arriesgar a que lo descubrieran contrariando a Stalin. Lo demás es vieja historia…

A pesar de la última frase, Ariadna continuó hablando. Hizo algunos saltos hacia adelante, describió la primera prisión donde la detuvieron hasta dictarle sentencia, el largo viaje hasta ese gulag, las cartas que le escribía a su madre y a Boris Pasternak, el maestro, el amigo, el cómplice, cuya relación epistolar le ayudó a mantenerse de pie. No sabía que iba a ser trasladada a otro campo, a una Siberia tierra adentro.

5
De Este a Oeste

Marzo, 1918

Se traiciona porque se ama. No puedo abandonarme a un amante. La maternidad es otra cosa —un estado que altera—.

Mayo, 1918

Serguéi me regaló un abrecartas que es un juguete en sí; parece un pequeño puñal, pero tiene forma de espada diminuta con la que hiero los sobres para dejar salir su entraña. Dependiendo de dónde provengan, pongo especial cuidado en abrirlos o no. Las cartas son una extensión del cuerpo y de la vida de sus remitentes.

Julio, 1918

Mataron al zar, ayer, en Ekaterimburgo. Lo asesinaron. Cuentan que su esposa e hijos fueron trasladados a Perm. No lo creo. Seguramente los ultimaron a todos, incluida su gente de confianza. Han desatado un infierno. Acabar con la dinastía Romanov es el inicio de las bestiales obras que veremos representarse. A partir de ahora, debemos temer, debemos huir. Nikolai II garantizaba el ideal que no habíamos perdido. Ahora todo será sangre, fuego, persecución. Era de esperarse. Incluso la zarina Alexandra, aseguran sus allegados, junto con sus cuatro hijas (tres ya en edad de casarse), "preparan la medicina", es decir, que se la pasan guardando entre sus ropas diamantes y joyas por lo que pudiera ocurrirles. Caminan cargando el peso de una condición privilegiada, para sobornar a quien intente dañarlas. Si las fusilan, si es que no lo han hecho ya, no quiero imaginar cuántas veces tendrán que dispararles: todo ese oro, bajo las prendas, les funcionaría como escudo.

Octubre, 1918

Otra vez este camino donde la vegetación borra las huellas. El tiempo es algo que vive y tupe la memoria. Hay castillos e inmensas pirámides sepultadas por hojas de infinitos otoños que reverdecen cínicos, difíciles de vencer, imposibles de derrotar. Nadie puede contra el tiempo, contra su inyección eterna que marchita.

Tiempo, eso es lo que falta para abrir todos los candados del mundo. Un poeta es un candado que no se tiene a sí, sino a la puerta que lo abre. Tengo miedo de pasar toda la vida entrando y saliendo de un territorio alumbrado que deja ciego al presente.

No puedo con esta historia que invento: la de la madre que espera, que cuida, que podría talar todos los árboles del mundo para que la alegría no encontrara donde ahorcarse.

Febrero 15, 1920

No sé cómo decirte esto, Serguéi, si no es desesperada. Y eso, amor, ya de por sí es duro. Me cuesta escribirlo porque resulta imposible que no llore, que no grite. Hoy nuestra hija Irina murió. Eso me dijeron las religiosas del orfanato donde la dejé a petición tuya para que pudiera cuidar a Ariadna de sus fiebres, la malaria aún no se va. Si mueren nuestras dos hijas no lo soportaré. Debes regresar cuanto antes para que te lo explique mejor. Mira, te juro que no dejé de visitar a Irina, pero tampoco podía llevarle galletas o queso, no me alcanza. Pensamos que en el orfanato le darían de comer si no bien, lo necesario. Las desgraciadas monjas no lo hicieron, dejaron que varios niños murieran cansados de llorar por el dolor de sus estómagos vacíos. Les permitieron irse a dormir exhaustos para nunca despertar. Me dicen las religiosas que ellas se encargarán del entierro, de las misas para pedir la paz de todos esos niños. Irina forma parte de ese grupo, pensarlo me destroza, ella sí tenía mamá y papá.

Hoy ya no conozco la esperanza. Tengo una hija muerta, la menor. Y la mayor que no se cura, que sigue con fiebres. Yo, desde hace semanas, desde hace muchos días, no pruebo más que pan, más que coles negras.

Diciembre, 1920

Boris:

No hay tiempo para la flora que crece en el espíritu. Aquella rosa tardó semanas en dejar libres sus pétalos. Son rojos, sangre descrita por muchas mujeres en la cuadra, como los relatos de quienes han perdido a sus hombres en combate.

Serguéi sigue en Praga, aprovecha su beca de estudiante. Llegué a Berlín siguiéndolo. Valoro que te preocupes. Él, con el último uniforme, el que peor le quedaba, lanzó gritos en medio de disparos y de infinitas tragedias que sí puedo imaginar. Me cuesta creerlo, es el mismo hombre que lloraba mirando una cometa o cargando a nuestra hija. Es un hombre solamente, sí. Entonces debe ser claro y ser oscuro. Pero nada tengo por decirle al azar que lo rodea, a la contradicción que sigue atándonos.

Contigo es imposible lo que puede ocurrir. Con él, todo lo posible me atormenta.

—M.

Febrero, 1921

Extrañar a esa joven de ojos profundos y mar ingenuo es como oír una música salvaje. Amé a Serguéi desde que lo vi en la playa. Recogía las conchas, miraba los caracoles, se inclinaba ante una roca como un súbdito frente a su rey. Igual que yo, caminaba flotando en sus palabras. Nuestras coincidencias eran infinitas. Nunca encontré el punto final. No logré un disenso que nos separara realmente. Comenzamos a querernos desde la confidencia. Luego la pasión hizo lo suyo. Parecía que las palabras se habían inventado sólo para nosotros. Cuando prescindimos de ellas, eso no significó una catástrofe como ocurre con la mayoría de los matrimonios. Lo nuestro siempre ha sido el aire que encierra la sortija, el brillo apresado en la roca, el silencio que nos amarra con un susurro sin descansos.

Marzo, 1921

Los recuerdos nunca avanzan solos. Todo recuerdo tiene un antes y toda historia una pre-historia —dicen—. Aquella mujer negra del liceo o el Brahms que mi madre interpretaba al piano son consecuencia de mi primera visión: estoy en una sala estrecha de una casa en el campo, tal vez en Tarusa, y escucho al viento. Como soy un bebé de menos de dos años, me invade el habla del jardín sacudido por el vendaval. Me aterrorizo, pero mi llanto no posee el mismo misterio del ulular de las hojas. Entonces paro las lágrimas sin que nadie aparezca, guardo silencio para oír atentamente la música natural del exterior. Desde aquel momento me gusta callar para mí y para el viento. La naturaleza es la gran interlocutora. De esas conversaciones mudas que me acompañarían por siempre, brotó *Álbum vespertino*. Madre acababa de morir.

6
Biografías

La nieve era porosa y se ponía oscura en primavera, cerca del círculo polar. No había suficiente sol durante seis meses. La penumbra parecía una constante. Las semanas dolían de frío con ese ardor húmedo en las manos, en los ojos, en los huesos que también gritaban por la noche. Ariadna Efron estuvo en dos campos penitenciaros, el último fue el más estricto. Regresó a Moscú en 1937, cuando las purgas estalinistas alcanzaron su punto más crítico. Dos años después, Marina volvió y toda la familia, durante un breve lapso, estuvo junta. Vivían en una cabaña cerca de la capital, pero no estaban solos, los acompañaba gente que había mandado la NKVD, que en realidad era la policía secreta, torturadores con planes siniestros para cada uno de los Efron.

Serguéi, el padre de Ariadna, padecía un mal cardiaco. Su frágil salud fue una de las razones que obligó a Marina a volver a Rusia. La constante vigilancia a la que estaba sometida, la tensión sin final que derivaría en una sucesión de tragedias sin tiempo para asimilar cada una, dio inicio la noche del 27 al 28 de agosto, cuando se llevaron a su primogénita. Irrumpieron con la violencia característica. Ariadna se mantuvo serena. Pero al ver la insolente actitud de los esbirros, el rostro se le descompuso. Quedó muda. No fue capaz de despedirse. Marina le preguntó, cuando la arrastraban hacia la puerta, si no diría algo. La joven dijo adiós tímidamente, sería trasladada al norte de Siberia, condenada a realizar trabajos perpetuos fuera o dentro del campo. Su tribu familiar nunca volvió a reunirse.

Más adelante, por supuesto, fueron por Serguéi. Marina dividía su tiempo en dos prisiones. Escribía a todos lados pidiendo ayuda, sin embargo, los contactos con los que podía contar se la negaban. Fueron tiempos de terror que se prolongaron varios años; las delaciones estaban a la orden del día, la gente solía dormir con una bolsa preparada con lo necesario por si los detenían para enviarlos a un gulag, guardaban en esos pequeños bultos un libro, papel. Cualquier persona podía ser acusada, era imposible saber el número de los condenados.

Mientras Marina Tsvetáieva soportaba la miseria, pues no conseguía trabajo para mantener a Mur, el hijo menor, Ariadna toleró varios meses de tortura física y presión psicológica. En 1954, cuando ya había muerto Stalin, ella presentó una solicitud de liberación al fiscal general de la Unión Soviética en la que describió su vía crucis. Aseguró que cuando la encerraron fue interrogada día y noche. Pretendían obligarla a confesar que era agente del Servicio de Inteligencia francés, que su padre lo sabía. La encerraban desnuda y descalza en prisiones con temperaturas monstruosas.

No le permitían dormir. La azotaban con látigos de hule llamados "interrogadores para mujeres". Como no cedía —al parecer, su resistencia era ilimitada—, el terror impuesto era cada vez mayor. Además de amenazarla de muerte, entraban a la celda varias personas y montaban, frente a sus ojos, la escena de su propia ejecución. Al cabo de un año, un día la devolvieron al calabozo con la cara desecha, estaba seminconsciente. Por fin la habían quebrado, así que firmó el papel que le extendían con el consentimiento de aquella falacia, de toda esa ficción por la que la juzgaron arbitrariamente. No hubo juicio de por medio. Su condena fue por siete años de trabajos forzados bajo un régimen apabullante. La solidaridad de otras compañeras en prisión la mantuvo con vida. Se ayudaban entre ellas compartiendo los pocos víveres que les hacían llegar o escondiendo artículos de limpieza que les tenían prohibidos.

El destino de Serguéi Efron no fue menos adverso. También resistió la tortura, pero el corazón y el cerebro le hicieron trampa. Deliraba, tenía crisis respiratorias. Los doctores en prisión referían que era un hombre con alucinaciones, psicotizado, pues aseguraba que alguien hablaba de él en los pasillos, que lo querían matar, que su mujer estaba muerta, así que pensaba constantemente en el suicidio. Dos años más tarde lo fusilaron, sólo un mes y medio después de que su esposa se ahorcara. Seguramente Marina tomó esa decisión orillada por las presiones de la NKVD, que coaccionó para que nadie le diera trabajo. En una de las últimas búsquedas de empleo, la escritora, considerada por muchos como la poeta rusa más importante del siglo XX, rogaba que le asignaran un puesto de lavaplatos. Ni eso podía hacer. Le tenían prohibida toda compasión. En estas condiciones, el suicidio fue mero trámite. Sobre todo porque ya desde 1944, Mur, el hermano menor de Ariadna, había muerto en el frente defendiendo a la nación que no tardaría en destruir a su familia.

Ariadna recuerda su arribo al primer gulag con tintes de novela. Tenía veintiocho años. La metieron en un vagón de tren para ganado en el que había decenas de criminales. Ariadna sabía lo que le esperaba, aterrorizada, se dejó caer frente a la puerta que, con sonrisas, cerraron los guardias. La arrojaron como carnada fresca a un cubo de pirañas. De inmediato se le acercó un eslavo de mediana edad. Sucio, maslo, con el típico chaquetón de los gulags del sur, era el líder entre aquellos delincuentes dispuestos a matar por una de las pocas literas de ese vagón.

—¡Con que tú eres Aloschka! —le dijo.

La joven, como si estuviera frente a un arcángel, abrió aún más sus inmensos ojos verdes por los cuales el tipo la reconoció. Era el esposo de una de las compañeras de Ariadna en la prisión donde las torturaron por primera vez. Zayarad había logrado escribirse con Nikolai antes de que este fuera detenido. En esas cartas, le contó de una mujer que le compartía los alimentos; que si no fuera por ella, habría pasado días sin comer, y que con su mirada glauca, serena, la calmaba en los peores momentos. Ambas se limpiaban las heridas después de ser brutalmente golpeadas y Ariadna escondió algunos objetos de Zayarad el tiempo que estuvo prisionera ahí.

—Sí, yo soy Aloschka. Sólo Zayarad me dice así —Ariadna habló con miedo.

El eslavo la protegió. Instó a otros a que le hicieran un sitio en una litera y cubrieron a la joven con una manta. Cuando al cabo de varios días abrieron el vagón y los soldados la vieron salir, no podían creerlo. Habían enviado a una docena de mujeres a los campos de trabajo del norte y dos habían llegado con vida, era más de lo que esperaban.

7
De un bosque a otro

Enero, 1922

No soporto Berlín, no lo tolero. Sálvame de la tristeza de sus fachadas, Bely, de la ausencia de un amor que pueda distraerme. Supongo que en Praga o aquí me encontraré de nuevo con Serguéi, lo amo, no puedo más que amarlo y eso que lo mío son dos mil y una noches condenada a una libertad siniestra, a una separación, a un rosario de cuartos ajenos donde alojo a los niños. Hoy es suficiente con la muerte de alguien más. Otro escritor ruso que se despide sintiéndose extranjero, apartado. Si el destino son los acontecimientos que se repiten, ¿habré de caer en una tumba lejos de mis libros?

Febrero, 1922

Muy pensado Bely:
Es más fácil vivir sin la verdad de los poetas. Es sencillo, aprendes a moverte en lo oscuro de una casa, en la familiaridad de días sin

nadie a pesar de existir entre los otros. Lo nuestro es un estar solitario que santifica lo que no podemos ser. Por fortuna tengo amigos como tú, cómplices del teatro, de las letras, de la bohemia moscovita que nos vio bailar y beber vodka.

Hoy es viernes. Tirito. Son los primeros pasos del invierno. Pero no debo seguir quejándome frente al mar. Quiero decir que es viernes y falta poco para que las campanas de la iglesia habiten el aire de la mañana y entonces sea sencillo vivir como fácil es desprenderse de la costra de la verdad, de su lenguaje.

He ahí el problema, somos palabras simplemente. Somos una especie de sonido silencioso que va creciendo como un coágulo cuando nos leemos. O bien, somos un túnel cuyo aroma de castañas asadas o frutas encendidas nos consuela.

Estoy con Serguéi. Los años sin vernos se amontonaron como muebles antiguos que ya nadie quiere usar. A veces no sé qué decirle.

Alya pregunta. Le invento historias que distraen su curiosidad. Me aterra no saber cómo contarle el cuento verdadero de un país quemándose.

—M.

Marzo, 1922

¡Adiós, nieve, del huérfano invierno
gratuito esplendor nuestro!

Adiós, huella desconocida, no hollada,
comitiva de águilas blancas.
Adiós, pecado de nieve tapado,
por la nieve derrubiado.

Junio, 1922

Nos alojamos en la pensión Pragerplatz, donde puede encontrarse al universo de las letras que acaba de llegar de Rusia. Hoy estuve conversando en el café Pragerdiele con varios editores y escritores que no he leído. Se presentaron solos y de inmediato inició nuestra charla sobre los últimos acontecimientos en Moscú. Uno de ellos, Ancel Berger, me escuchó con bastante interés. No sé si me arrepienta de este viaje. Encuentro esta ciudad burguesa, repleta de cuarteles, de un dejo prusiano que poco tiene que ver con mi alma. Sólo la posibilidad de encontrarme de nuevo con Serguéi me ayuda a soportar los días. También la presencia de los Ehrenburg, grandes amigos, una pareja que nos procura a Ariadna y a mí. Si no fuera por ellos, no me habría atrevido a emprender este viaje.

Junio 9, 1922

Ayer nos visitó Andréi Bely. Estaba destrozado. La ruptura de su matrimonio casi lo dejó en los huesos. Habla poco. Traté de alegrarlo. Decía que dejar definitivamente a Asya Turgeneva fue como si le arrancaran el aliento, el corazón, la vida. Le hablé de que existen otros caminos, escenarios que aún no se nos revelan. Le comenté del canto de las alondras y de su amor por la luz, por esas tretas con juegos de espejos con el que las cazan. Yo, que con mucha frecuencia asumo que todo está perdido, le dije a otro poeta que no, que hay una patria, que tenemos un punto de retorno. Sé que surtió efecto mi discurso. Ojalá.

Junio 17, 1922

Está por llegar. De un momento a otro recibiré el telegrama que diga la hora de ese tren que me lo devolverá como la sangre al cuerpo. Sin Serguéi no tiene caso esta lejanía, esta barrera de idioma que salto a diario. Soy impaciente, sí. No puedo dejar de contar los minutos en esta pensión en la que escribo a pesar de mis ansias de abrazar a Serguéi, de amarlo completamente, de tocarlo, de oler su cabello, sus brazos; de beberme el agua de su voz.

Junio 26, 1922

Casi no lo vuelvo a ver. Recibí el telegrama tarde, yo no estaba cuando llegó. Por poco y lo pierdo. Pero me encontró del mismo modo en el que en la playa siempre supo dar con la concha más brillante o el caracol perfecto. Salí de inmediato de la pensión arrastrando a Ariadna para que viera a su padre. Corrimos y, en la desesperación, extravié el rumbo. No sabía cómo llegar a la estación. Llevaba dos o tres horas de retraso. El mundo se volvió una ola que nos sepulta. No quise que nadie me acompañara a ese reencuentro. Se trataba de un asunto familiar, de lo que deberíamos decirnos a solas. Cuando llegamos a la estación, ya no había nadie. "Muerte por agua" pensé. Iba a llorar sin descanso y asustar a mi hija. Llevaba un vestido azul nuevo, con las alas de esa tela recorrimos andén por andén. No lo hallaba. Salí de la estación por un cigarro para calmarme. La luz se hizo después.

Junio 28, 1922

Ayer se produjo un milagro. Aún me siento cegada por su resplandor. El cartero trajo una misiva de Ehrenburg, cómplice de Serguéi y mío en la literatura y la amistad. Sospechosamente, el sobre era más grueso. Lo abrí con mi pequeña espada. Traía dentro de sí unas hojas de papel grisáceo, desconocidas. Era otra carta, ni más ni menos que del enorme poeta Boris Pasternak, cuya caligrafía me pareció lejana. Me costó entender, incluso mientras leía, que no era un texto para su revisión ni un conjunto de poemas que mi amigo hubiera transcrito, sino largas páginas de uno de los escritores que más he admirado en los últimos años donde, con un frenesí que reconozco —yo misma escribo desde la altura del temperamento—, el autor celebra mi libro *Verstas*. Tomaré con cuidado esos elogios, son caricias hondas que debo digerir. Y es que Pasternak no sólo escribe que mi poesía lo ha sacudido, sino que no entiende cómo se perdió la posibilidad de encontrarnos hace un mes cuando "me bastaba dar cien pasos para reunirme con usted en Swinburne donde ambos nos hallábamos". Ignoraba que verlo habría sido posible, estaba atareada en mis cuitas con Serguéi, los días acá en Berlín, la fría espera que me consume, las dudas ante un exilio que no sé a dónde me conduzca. Boris también se parece a mí en eso, en la impaciencia, en la voluptuosidad de una voz ardiente que llevamos, como un animal salvaje, al interior.

Julio 3, 1922

Sus manos en mis mejillas secaron el llanto. Las mías en sus pómulos reconocieron esa piel de estudiante en apuros. Está más flaco. Nos esperó en una plaza cerca de la estación. Acarició a Ariadna. Cenamos con Ehrenburg y su esposa. Hubo champaña, risas, anécdotas. Luego recordamos a nuestra pequeña Irina. Fue difícil. Aún no supero del todo su muerte. Estábamos en la cama abrazados cuando le conté cómo había sido enterarme. Me contó que no pudo dormir varios días después de recibir aquella carta. Lloramos de nuevo, pero con otro tono, despacio. Nos fuimos perdonando sin saber que ocurría esa magia entre nosotros. También hablamos largamente de cuál sería el mejor lugar para mudarnos. —Praga, sin duda—. Ahí hay bosques, montañas, ríos. Serguéi debe volver pronto a terminar sus estudios, pero ese país, asegura, nos recibiría con mayor calidez que Alemania. Estoy de acuerdo. En un mes haremos el viaje.

Julio 10, 1922

Cambiamos de pensión. Pasamos unos días ensoñados recorriendo las montañas de nuestras anatomías. Es invencible ese fuego que nos unió desde el principio, cuando el verbo era una excusa para enamorarnos, para desafiar al mundo con los pocos años que teníamos. Sólo queríamos estar juntos. Eran los tiempos de la desesperación, de la adolescencia prolongada. Hemos crecido. Comienzo a encanecer. Serguéi, por su parte, a los veintinueve años que acaba de cumplir, se ve más joven. Lo despedí en la misma estación donde no lo encontraba. Como si hubiéramos bebido vida, nos abrazamos serenos antes de que tomara ese tren. No sentí el filo que corta el alma en los adioses. Era un mientras tanto. En agosto, si todo marcha según los libros que debo entregar, estaré con Ariadna en Praga. Le tocará a él ir a buscarnos.

Julio 20, 1922

Pensar en Maiakovski. Para mí no vocifera, como señala la peor de las críticas, sino que mantiene la textura de su voz sin contaminación de ningún tipo. Recuerdo mi encuentro con él antes de partir de Moscú. Debí explicarle que me iba para estar junto a mi esposo. Le pregunté si necesitaba que llevara algún mensaje al extranjero, algunas palabras del gran poeta en que se había convertido. Serio, pronunció una sola frase: "Diles que aquí tenemos la única verdad".

Agosto, 1922

Praga y poesía. Los versos me llevan. Llegué hace poco. Todo ocurre según lo planeado con Serguéi.

Noviembre, 1922

Cantar la vida es el único modo de no renunciar a las palabras. Me interesa la música silvestre de las calles: las voces combinadas de los vecinos, las vendedoras ambulantes, la gente que piensa que no sabe cómo explicar su sacrificio en nombre de una nación que era un imperio. ¿A dónde nos llevará este alarido de locomotoras? Con el humo de las máquinas, el paisaje ennegrece y, de alguna manera, se va volviendo estéril en los ojos. No ocurre así con la música de la voz o las palabras escritas en el papel que nos pierden o nos salvan. No estoy segura de esto último. La agitación social es evidente.

8
Dos pañuelos y una muda

Hacía tiempo que ningún ave sobrevolaba el cielo del gulag. La madera aún no llegaba al taller, así que las reclusas podían darse el pequeño lujo de asomar sus cabezas en la única ventana. Pajarracos negros volaban formando círculos cada vez más abiertos y lejanos. La sorpresa era mayúscula porque, si bien no era extraña la mortandad del sitio, las medidas sanitarias eran estrictas. Había opiniones diversas entre las trabajadoras del lugar. Algunas pensaban que aquellos avechuchos eran un espectáculo hermoso, difícil de presenciar. Otras, en cambio, lo consideraban una especie de mal augurio, un aviso de que algo terrible podría suceder. Escuchándolas, 1678 se dirigió a Ariadna:

—No cabe duda que la estupidez no desaparece ni en los peores momentos. Estas mujeres, o son idiotas, o han perdido la razón. Esos pájaros vuelan en círculos porque en alguna parte, no muy lejos de aquí, alguien dejó restos humanos a la intemperie.

—No deberías ser tan dura. Mientras les queden supersticiones, aún tienen algo. La verdad es que sí, impacta ver volar las aves de esa forma —respondió Ariadna alejándose de la escena y mirando hacia la entrada para ver si los custodios volvían con el material para empezar la faena.

El guardia Oleg y su subalterna, Svetlana, tardaron más de diez minutos. El primero, enamorado de ella, ejercía violencias despiadadas sobre cualquier mujer. La segunda, inteligente, se las ingeniaba para manipular al soldado. Su abuela había sido una de las bolcheviques más importantes, aun cuando se vio obligada a ser madre muy joven —a los quince—, su valor y habilidad para relacionarse con la cúpula revolucionaria la convirtieron en una de las pocas mujeres cercanas a Lenin, ya que su encanto femenino, con el que seducía a la gente más sencilla para que se entregara a la lucha por la transformación de Rusia, la situaban dentro del minúsculo grupo de heroínas que la historia no reconoce. Provenía del campo y para sobrevivir había tenido que ceder a las presiones sexuales de los camaradas que solían aprovecharse de su condición. Hábil, esa mujer heredó a las de su sangre el poder de convencimiento y la teatralidad que salva en circunstancias adversas. Así que Svetlana encontró la forma de sobrellevar el horror del trabajo pese al acoso de Oleg, un descendiente de judíos que negaba su origen con tal de ser bien visto en las filas en las que se había enrolado. Su padre, que golpeaba indiscriminadamente a todos en casa, le enseñó un gusto por la humillación que venía excelente en el gulag, donde en cada prisionera veía la debilidad de la madre que soportaba golpizas e infidelidades permanentes. Cada uno, con su historia, parecía abrumado en ese momento. Detrás de ellos, cinco reclutas jovencísimos colocaron la madera en una de las esquinas. Se les veía tristes, como si algo acabara de ocurrir afuera, un regaño, una noticia catastrófica, lo que fuera, no habrían de saberlo las mujeres ocupadas en quitarles lodo y raíces a los largos maderos de enfrente.

Fue en el patio trasero, que hacía las veces de comedor, frente a una sopa de lentejas fría, que llamaron a Ariadna:

—¡1701, alístese! —gritó Oleg molesto, sin la adustez característica de su rostro cuando ordenaba.

La oficina era un cuarto separado de los dormitorios y talleres por el patio central, el más largo y desnudo, sin árboles ni bancas. El director del campo de trabajo, un personaje misterioso, que ninguna prisionera podía ver sino hasta el momento de su partida, sesionaba en ese cuarto con un escritorio, dos ventanas, un sillón negro y la foto de Stalin, así como la bandera de la Unión Soviética, al frente. Condujeron a Ariadna hasta ese sitio. La hicieron esperar más de una hora durante la cual lloró despacio. Creyó, en un primer momento, que la iban a condenar a muerte. Sólo cuando transcurrieron los primeros cuarenta minutos, los cuales miraba avanzar el reloj de la pared izquierda, se le ocurrió que no, que quizá esa entrevista con el director podría obedecer a otras novedades. Hipnotizada con las manecillas —hacía ocho años que no veía un reloj—, permaneció de pie, aunque el guardia rubio, de unos veinte años, a quien tampoco había visto durante su larga estancia en el gulag, solicitó que tomara asiento. Las maneras amables del recluta la desconcertaron. Ya no recordaba cómo sonaba la voz de un hombre cuando el tono no es agresivo; cuando, en efecto, solicita, pide o sugiere. Todavía incrédula, se sentó lentamente sobre la piel oscura del amplio sillón. Su cuerpo se hundió despacio en el cojín cuya suavidad casi le saca otra lágrima. Acto seguido, se miró las manos heridas a causa del levantamiento de escombros. El rostro de su madre volvió en imágenes inconexas, hasta que cobró nitidez: Marina Tsvetáieva preparando un té en una casa sin muebles de la Riviera francesa, diciéndole que el lujo no hace a las personas, que lo superfluo es pernicioso y que es mejor una cama dura, sin almohadones, para que el cuerpo descanse mejor. La poeta llevaba el cabello corto, sin lavar, un cigarrillo en la mano derecha y le alcanzaba la taza caliente con la izquierda, la cual Ariadna recibía mientras el discurso de su progenitora se veía eclipsado por la angustiosa realidad de que, desde hacía varios meses, ninguna de las dos se había comprado un vestido.

El recuerdo se interrumpió al escucharse los pasos de tres hombres detrás de la puerta que se abrió para dar paso al director y a dos escoltas. Era un hombre de estatura media, no parecía de las repúblicas eslavas ni las mongólicas, donde la altura de los habitantes obliga a planear de otras dimensiones los techos de las casas. Moscovita por el bigote plisado, pasado de moda, o eso pensó ella, porque el director lo llevaba idéntico al que se usaba cuando la detuvieron. Así que pensó que el tiempo continuaba detenido, que las tensiones internacionales eran las mismas que durante el periodo de entreguerras, eterno como la angustia y el frío. Bajando la cabeza, el militar de brillantes botas negras y uniforme perfectamente planchado, le pidió que tomara asiento, otra vez. Por instinto, Ariadna se había levantado. Casi ocho años pasando lista, formándose para obtener lo que fuera: una galleta salada, un pedazo de jabón, una manta raída, la condicionaron a la perfección.

Acomodándose detrás del escritorio y quitándose con parsimonia la ushanka de piel de oso, la miró fijamente. Le interesaba iniciar una conversación:

—Ariadna Efron, la alta dirigencia de nuestro Estado ha decidido cambiarla de domicilio, puesto que pronto cumplirá su condena. Continuará con su reeducación en otro campo hasta que sea liberada. Pero, y esa es la razón por la que la he mandado a llamar, su pasaporte se queda aquí. La gente acusada de traición no tiene derecho a llevarlo consigo hasta después de tres o seis años, según su comportamiento —explicó haciendo énfasis en palabras como "pasaporte", "traición", "comportamiento"—. ¿Alguna duda? Tiene permiso de hablar.

—Entiendo, ¿puede decirme exactamente a dónde seré traslada? Es que sin pasaporte me será muy difícil intentar buscar a mi familia —explicó contrariada, rápido, con los agudos precisos en la voz que delataban desesperanza.

—Ése no es problema nuestro, ya verá cómo lo resuelve. Se enterará de todo en el nuevo lugar. Ahí las medidas son, por decirlo de algún modo, más laxas. Podrá mantener correspondencia con quien desee. No sabe usted cómo le gusta a la gente comunicarse por carta —el miliar se levantó de prisa y señaló la puerta—: Ahora márchese, tengo otros deberes.

Ariadna tomó el camino de vuelta a los talleres, pero los guardias le exigieron que cambiara de ruta rumbo a los dormitorios, donde recogió dos pañuelos y una muda que envolvió en su camisón de franela. No tenía bolso ni posesiones, no sabía a dónde la llevarían, o con qué dinero o medios podría sobrevivir, aunque eso era lo menos preocupante. La sola idea de comenzar a escuchar noticias, relatos de lo que fue de los suyos, la inquietaba. Tampoco podía entender esa tristeza naciente en su pecho al quitarse el uniforme, la chaqueta con su número pintado, y tomar la mezclilla militar con que dejaban ir a las prisioneras. Le pasaron otras botas y unas medias gruesas. Cuando se las probó, encontró sus piernas delgadas, tanto, que parecían estar a punto de quebrarse. Entonces constató que su talla era la de una niña, que la ropa de mujer le quedaba inmensa. Salió aún más triste. No le permitieron decir adiós ni abrazar a 1678, dar un último paseo por los dos patios. Salió como entró, de improviso, sin entender muy bien qué ocurría, sin tiempo para asimilar las nuevas condiciones. Ahí, caminando hacia el pesado automóvil que la conduciría de nuevo a un vagón de tren, recordó que lo duro que fueron los primeros meses en ese gulag. Enfermó del estómago y se curó milagrosamente bebiendo té. Una compañera entrada en años, que moriría apenas llegó el primer invierno, le dijo que aguantara, que los vómitos, el llanto y la diarrea eran una especie de purificación para lo que vendría, que su cuerpo se estaba preparando. Lo cierto es que Ariadna nunca creyó resistir. Las primeras muertes a su alrededor las vivía como un aviso de la propia. Pero los meses, los años, le revelaban su condición y esa verdad que no se atrevía a encarar: ella era fuerte como su padre, que en el Ejército Blanco no denunció a ningún compañero, que soportaba bajísimas temperaturas en combate, que no perdía la elegancia, portando el uniforme, ni en los peores momentos de la batalla. Fuerte, tal vez, como su hermana Irina, que a los seis años no pedía de comer porque haría llorar, nuevamente, a la madre; que se ponía a jugar con su única muñeca de trapo antes de que, desesperada, Marina se atreviera a dejarla con las religiosas de un convento para que la niña supiera lo que es el pan tres veces al día. Pertinaz como su hermano, el rebelde que le gritaba la verdad de su miseria a Marina, con tal de que despertara del sueño embriagante y peligroso del poema. Fuerte, no cabía duda, como su propia madre y el anonimato que la hería más que la pobreza. De ahí que muchas veces se animara pensando que si ella, Ariadna Efron, había sobrevivido en ese gulag, no veía por qué, los de su sangre, no fueran capaces de lograrlo. La época no ayudaba, cierto, pero se podían cometer mil argucias para seguir, aun cuando esa ideología envuelta en banderas rojas era capaz de todo.

De tal manera que cuando el automóvil avanzó con ella dentro y otras cinco reclusas que no conocía, quizá prisioneras del campo vecino, sintió un miedo desnudo, canoso, crepitante. Los pajarracos todavía volaban, en círculos, a lo lejos.

9
La flor del exilio

Abril, 1923

Perdí un cuaderno donde consigno casi un año de vida, ¡un año! Tuvimos que emigrar a París. Está bien. Acá encontraremos más posibilidades de trabajo estable.

Febrero, 1924

La nostalgia familiar parece un ave rarísima. Ayer trajo en su pico la imagen de Anastasia que no me oye, no me escribe. Pero cierro los ojos y le hablo en voz baja como cuando de niñas nos decíamos acertijos muy juntas. Ha quedado lejos esa época de pianos, enciclopedias y sueños en donde éramos doncellas árabes en un palacio con eunucos. Más que hermanas, siempre hemos sido amigas a prueba de amores —solían gustarnos los mismos muchachos—, muertes y rupturas. Ella es más alta, con más cabello, más sonrisas. Dentro de su ser hay una campana que siempre suena cuando su corazón es un mar tranquilo. Le gusta escuchar a las aves y a los gatos. Una vez le dije que era aquello una contradicción puesto que un felino acaba con las golondrinas. Anastasia asintió y luego cambió el tema con la elegancia que la define, con la parsimonia que embruja a los hombres que la rodean, con la calma al servicio de mi desesperación. Cuando mi hermana está cerca me sereno, aunque ahora juegue a no escucharme, a no escribir un saludo, a dejar pasar los meses.

Marzo, 1924

Escribo sobre la montaña, sobre la voz que nadie le ha dado. Es la giba de Atlas o un ser que en octubre parecería desplomarse. Está hecha de tiempo y funciona como símbolo. Toda mi niñez, todos mis viajes han sido marcados por cadenas montañosas, por esa presencia hasta hace poco muda. La montaña es memoria viva con todo y sus derrumbamientos, con sus ojos velados con siete nubes. También la llevamos dentro y cuando nos separa de quienes amamos, nos da el lenguaje de los beodos.

Abril, 1924

La tristeza se derrama como el fluir de un río y no el vaivén del mar. Elijo el primero porque puede existir al interior de una montaña. El mar, en cambio, es como un dictador que ríe ante la idea de una tregua, de la quietud que el espíritu requiere. Eso, un río que rompe sus bordes, así es el dolor de no tenerte, Boris, la inexplicable angustia de escribirte con la necesidad, no de que lamas mis heridas, sino de que las quemes. Extrañarte es salir al bosque y no encontrar los mismos árboles. Corrijo, es no hallar ninguno en la fantasmal certeza de que de ahí hubo, también, la fronda infinita de un momento. Voy a escribirte una carta donde te lo diga; no aún, no con estas prisas veraneantes.

Junio, 1924

Pasternak tendrá su primer hijo. Un primogénito siempre lo será, aunque se vivan otros partos. Debo escribirle conmovida, por supuesto. Será un gran padre. Su poesía se verá afectada por ese acontecimiento. Ahora mismo creo que podría componerle varios versos donde la magia de las imágenes nos revele, como suele ocurrir, el significado sagrado de la paternidad. Si bien es cierto que la vida de una mujer se transforma radicalmente cuando da a luz al primer hijo, la de un hombre sensible tampoco es la excepción. Eso debo comentar en la carta para Boris que iniciaré mañana, cuando espero que llegue mi menstruación. Sospecho otro embarazo. Sería una grácil pirueta del azar.

[s.f.], 1925

De todos los cuentos de hadas, de todos los lugares mágicos, escojo Hamelin y me quedo con su flautista, el mejor músico de todas las épocas porque fue más allá del arte, se saltó los muros entre éste y el poder, llevó libertad y justicia a un pueblo asolado por las ratas. Con su encanto musical hizo que se pagaran las deudas pendientes, que la verdadera plaga entendiera una lección que ni con torturas se acepta. Son los padres de los niños perdidos quienes contratan al flautista para ayudar con aquella infestación de roedores; son ellos quienes pretenden abusar del músico. Así también se ha pretendido abusar de Dios, siempre. Morder la mano de quien te salva es una actitud muy común en nuestros días. Afortunadamente, el que toca la flauta no está dispuesto a permitirlo. He ahí el ejemplo de lo que debe ser un creador.

Marzo, 1925

Distancia: millas, leguas…
nos dis – tribuyeron, nos dis – persaron,
para que cada uno estuviera callado,
en dos rincones diferentes de la tierra.

Dis- tancia: lejanías, leguas…
Nos des – pegaron, des – soldaron,
las dos manos nos separaron, crucificados,
y no sabían que estos – son ligazones

de inspirados y los tendones…
no se malquistan, – diseminados,
diferenciados …
El muro, barrancones.
Como águilas – distanciados

conspiradoras: lejanías, leguas…
no desolados – extraviados.
En los tugurios de toda la amplia tierra
nos metieron como huérfanos.
¡¿El cuánto – pero el cuánto – de marzo?!
¡Como baraja de carta nos desbarajaron!

Julio, 1925

Mi querido Boris:

Es un nuevo día del mes y una nueva pluma. Seré breve.

Leí tus cuitas anteriores. No las puedo creer. Has nacido para escribir; si lo dudas, me ofendes, colocas en mi pecho un dardo inmerecido. Somos gemelares, no podemos sino escribir. Aunque a veces no redacto las cartas que quisiera, haré un esfuerzo ahora para decirte cuánta falta le haces a la escritura misma. Por eso te admiro, Boris, yo no podría tener la inmensidad de la prosa y la fuerza de la poesía que presumes. Te leo y siempre me emociono. Que no te angustien esos periodos malditos de páginas blancas. Eres un poeta, uno grande, uno magnífico. Si callaras, Boris, el mundo, y yo con él, iríamos a buscarte, a exigirte más palabras.

Marzo, 1926

Boris escribe una carta fulgurante. Sé que espera respuesta a la bella disección que ha hecho de mi espíritu. Cuando nos leemos nos tocamos de un modo único, con ese saber del alma que los poetas reconocen en otro semejante. Le responderé en unas semanas. Debo entender cómo brilla el fuego de sus letras en mi mente. Dice que se imagina leyendo mientras lo miro y levanta la cabeza de las páginas para dejar libre otro "te amo". Repite que soy suya como una hermana o una vida enviada directamente desde el cielo. Me estremecí apenas pasé los ojos por esas palabras. Luego, escribe, se mete un pedazo de Praga en el abrigo para sentir que no ha extraviado la memoria. Deberé hablarle también de mi infancia, de las fresas salvajes de Tarusa cuyas hojas silbaban con el aire de octubre. Boris es apasionado, es el corazón de una llama.

Abril 1926

Escucha, Boris, volver a pasar lo vivido, por esa bomba incansable del pecho, resulta fatigoso. Cada día trae su música como una prenda de vestir que por la noche se niega a quitar. No hay poeta que la escuche y no se aferre a esos andrajos. Tenemos memoria para bailar en los cuadernos, cuando nadie está mirándonos con el apetito de un vigía. Quizá recordamos para no morir de amnesia sin nombres, sin secretos que soltar en el bosque, frente a las montañas. Sí, tengo buena memoria —una maldición— dices; no imagino un espíritu libre sin ella, sin esa capacidad de descripción de los sentidos. ¿Cómo silbaba una tetera? ¿A qué olía el cuarto de tu madre? ¿Qué textura en la piel de un tronco te astilló la mano? No, es imposible deshacerme de la palabra que recuerda. Por eso escribo diarios, para construirle un hogar a lo que vuelve. Me habita esa sinrazón, esa melancolía de lo ocurrido, la narración de lo que pudo ser.

Abril, 1926

Yo no quería conocerte, Rainer, como no se quiere conocer el mar ni el río si naciste en el desierto. Tampoco deseaba ver esta guerra. Me era suficiente con un destino natural, con una mente que se cierra y se abre, acordeón en los festejos, música que la gente baila cuando es feliz y nada se interroga.

No, no quería mirar la calle largos minutos, largos días en silencio.

El que trae las cartas es un viejo pelirrojo. Nunca hablamos. Imagino que le gusta el vodka tibio, que cruza la Plaza Roja una vez a la semana y que alguna vez ha llorado pensando en Catalina.

Sólo eso quería decirte hoy. Ése es mi deseo. He ahí el capullo de una extraña flor que quizá mañana, cuando tenga más fuerza y más paz para escribirte, veré abrir.

10
Sin aurora boreal

CORRÍA EL AÑO 1947. NO CAYÓ EN CUENTA DE QUE YA TE-nía treinta y cinco años hasta que debió hacer trámites en Riazán para dar clases de arte en una escuela preparatoria. Había sido un viaje incómodo, aunque tranquilo, nada comparado con la zozobra de la primera travesía que la llevó hasta el norte, donde las auroras boreales eran pinceladas del diario. Incluso sin esos bellos fenómenos, sin la complicidad de las compañeras del gulag, incluso con la incertidumbre de un *impasse* en el que podía ocurrir lo que fuera, la cercanía con Moscú la entusiasmaba. Tal como le dijo el director del campo en Kniaz Pogos, situado en la República de Komi, la trasladaron a una floreciente libertad que duró muy poco, quizá lo suficiente para darle vacaciones al soplo de su corazón. Fueron dos años de intensas lecturas, correspondencia y caminatas a cielo abierto. El clima era benigno comparado con la oscuridad casi absoluta del trabajo en el taller o el bosque donde cortaba leña con otros prisioneros vecinos. Sabía que en esa nueva etapa también estarían vigilándola, pero tenía un empleo y alquiló una pequeña habitación apenas cumplió la condena. No hacía otra cosa que dar cursos, leer y escribir a sus anchas.

En toda la población rusa aún estaban frescos los relatos de guerra que Ariadna evitó escuchar lo más que pudo; sostenía una relación contradictoria con ellos. A una parte de su ser le habría gustado enlistarse, salir a pelear por la Madre Rusia como hicieron tantas otras que, con menos de dieciocho años, partieron al frente y se convirtieron en heroínas condecoradas. Los alemanes les temían porque esas chicas "pelean como gatos salvajes y son absolutamente inhumanas", aseguraban. A las pilotos, que los acosaban en biplanos muy lentos y que disparaban con tino sin dejarlos dormir, les llamaron las "Brujas de la Noche". La más brillante de todas fue Lily Litvak, la "Rosa Blanca de Stalingrado", pues derribó más de doce cazas alemanes. Cuentan que antes de cada ataque, la jovencita solía recoger flores silvestres que colocaba en el parabrisas de su avión. Fue necesaria una misión de ocho Messerschmitts para tenderle una emboscada y abatirla. Esa historia fue la que más impresionó a la traductora, pero por otro lado, condenaba la violencia en todas sus acepciones y cuando pensaba en chicas vírgenes como francotiradoras, se sentía molesta. No lo callaba. Alguna vez intercambió dos o tres palabras sobre el tema en el tendajón donde iba por leche y pan. Le sorprendió darse cuenta de que su diálogo se había vuelto cortante, sin palabras accesorias, sin ambages de buena ley o educación. No le era fácil ya relacionarse con el mundo, prefería disfrutar la soledad de su habitación donde le escribía cartas a Boris Pasternak de quien, cuando era joven, estuvo enamorada. Fue una de esas relaciones platónicas que se dan entre alumna y maestro. La verdad es que Boris nunca trató de seducirla. Se vieron por primera vez cuando Ariadna tenía veintitrés años. Fue suficiente para que ella entendiera el embrujo que el escritor causaba en su madre, quien sí mantuvo una relación sentimental íntima, pero sólo en las palabras, con Pasternak, como lo hizo con Rainer Maria Rilke, Andréi Bely, Osip Mandelstam y tantos otros estimulados por la prosa o los versos encendidos de una mujer de alta tensión, sin prejuicios, abierta al hambre de su alma y de su piel. Con el tiempo, la correspondencia que Marina, Pasternak y Rilke cruzaron en el verano de 1926, se volvería un libro de culto para todo el que deseara entender la lírica rusa. Una correspondencia cargada de un coqueteo "casi ninfómano", como definieron sus detractores el tono con el que Tsvetáieva se les "insinuaba" a esos dos grandes bardos estando ella casada con Serguéi Efron. Esa colección de misivas era un documento que interesó a Ariadna desde que fue testigo de cómo su progenitora escribió aquellas respuestas que escandalizarían a propios y extraños.

Lo cierto es que Boris fue uno de esos personajes en la vida de las mujeres cuya misión es engrandecerlas, retarlas, mostrarles rumbo, confrontarlas con su tiempo, su voz. Algo tenía el autor de *Doctor Zhivago* que se le daba más la conversación de lo profundo con escritoras que con autores. No era lo que se dice guapo, ni rico ni muy seductor en sus modales ucranianos impecables. Nació en una familia de artistas. Su padre habitaba el mundo de los trazos, el volumen y el color, pintaba retratos postimpresionistas que le valieron reconocimiento y trabajo como profesor en universidades muy prestigiadas. La madre se convirtió muy joven en una famosa concertista de piano. En la casa de los Pasternak, el ambiente era intelectual y las tertulias muy comunes. Eran muchas coincidencias con la vida de los Tsvetáieva. Quizá por eso Ariadna veía en Boris a un caballero alto, de ojos hundidos, pómulos marcados y labios carnosos que muchas veces soñó morder. Aprendió a masturbarse pensando en su espalda ancha, en las manos que no dejó observar cuando bebían café. Los orgasmos que alcanzaba desde la excitación de la memoria dejaron de ser culposos hasta que la joven llegó al gulag y, una que otra vez, extrañó la normalidad del deseo, ese estar en el mundo eróticamente que, en circunstancias límite, no se logra mantener.

¿Hasta dónde habría llegado Marina con sus supuestos amantes? A su hija le constaba que nunca había consumado con Pasternak ni con Rilke —con quien fue imposible encontrarse— la pasión que describían en largos poemas o en cartas avasallantes salpicadas de todo tipo de sentimientos. De hecho, la poeta de Tarusa intentó hacer a un lado a Boris cuando más amorosamente se escribía con Rilke, el vate alemán entrado en años, el consagrado artista que los dos rusos veneraban. Pasternak le perdonó a Marina ese desliz, pero no volvió a desvivirse en cada línea. La apoyó en los peores momentos. Más como un amigo verdadero que como amante despechado, también tuteló indirectamente a Ariadna y siempre estuvo al pendiente de lo que le ocurría. Tal vez fue parte de una promesa o no, quizá sentía culpa por haber evadido al gulag tantas veces. Lo que no iba a ocurrir con Olga Ivínskaya y su hija, Irina Emelyánova, ambas perseguidas y encerradas en dos campos de trabajo por la NKVD y vigiladas hasta el cansancio, posteriormente, por la KGB. Como Boris era ya un intelectual reconocido en toda Europa, su manera de presionarlo fue lanzar acusaciones en contra de las mujeres más importantes de su vida. Gracias a que Olga nunca cedió a las presiones, y a que la tortura se ablandó un poco tras la muerte de Stalin, el poeta libró un destino fatal. No obstante, vivía bajo amenaza constante, y el hecho de no haber podido salir de la Unión Soviética en 1958, cuando se le concedió el Premio Nobel, lo afectó seriamente. Pero el carácter se le había agriado desde antes de la guerra. Ariadna recordaba cómo la reprendía cuando su prosa no estaba a la altura de lo que él esperaba. Se volvió un maestro duro que le haría mucho bien a la única sobreviviente de Tsvetáieva, y no sólo en términos literarios, pues esa amistad idealizada la mantuvo a flote durante aquellos años de soledad entre un gulag y otro.

No le perdonaron que ella se dedicara a vivir del único modo en que sabía hacerlo: leyendo sin parar, pasando largas jornadas frente a una ventana mientras escribía o preparaba sus clases a las que nunca faltaban los alumnos. El gobierno temía que los contagiara, que la subjetividad de su cátedra echara a andar ímpetus en contra de la Revolución. Lo vio venir. Era necesario seguir escarmentando a los camaradas que pretendieran hacerse preguntas de más. Todo aquel que insistiera en hablar de autores, pintores, músicos, que no ensalzaran al régimen, debía purgar una condena. Ella, además, ya había estado ahí y tenían argumentos de sobra para volverla a guardar, como una muñeca cada vez más cansada, con los ojos sucios y el cabello gris, en un estuche con espinas de hielo negro.

11
Verano en tres

Mayo, 1926

Escribo el borrador de la carta que recibirás, Boris. Me estoy acostumbrando a pensarlo antes de enviar cada oración como un ángel contempla primero el rostro compungido de quien protege y después abraza. No sé qué haríamos ambos con la vida si pudiéramos ver a Rilke y terminar con esta historia de cartas que recorrieron largos caminos para hablarnos... Entonces ya no necesitaríamos esperar los sobres, las respuestas.

Gracias, por cierto, por unirme a él, por contarle de mi obra con tal entusiasmo que uno de los más grandes poetas de nuestro tiempo se dignó a escribirme. ¡Lo hizo tan pronto! Esa carta viajó más que las demás. Para llegar a París fue de Moscú a Berlín, luego a Munich, después a mis manos. Si no fuera por ti, no existiría la posibilidad de esa otra vida que no poseemos, pero es. También tengo ganas de emigrar de nuevo. Volar sin que importe la dirección. Ya te contaré de ello en la carta que sí habré de enviarte.

Mayo, 1926

Porque imagino, te recuerdo. Y al revés, como si fuera posible que la nieve nos regresara un paisaje de mundo lejano. Estoy acá, pero no tengo nada dentro en esta casa. Ni una voz. Ni siquiera una de nido que agoniza o se rinde ante el invierno. Allá, donde sueñas, hará un sol de tarde sobre los balnearios vivos en diciembre. Allá, un aceite de olivas gordas caerá sobre el pan blanco. Aquí, Rainer, también oscurece el alimento y cae llanto sobre la mermelada de zarzamoras negras que preparé hace mucho pensando en la dulzura de tu corazón. Pero no tarda ese recuerdo en volverse brecha apenas entra en mi boca y confirmo que el papel es débil. Ya no existen las palomas ni sus mensajes de antaño. Hoy es más grave la distancia. Ningún ave puede con esa inmensidad. Dirías que sí, que las palabras tienen alas fuertes, que son angélicas. Luego escribirías un verso para encender la noche y los astros fugaces de la ventana. Con esa luz lo entendería: voy a ti y regreso de ti.

Mi voz, lo sé, es un copo de nieve azulando.

Junio, 1926

¿Y si tomáramos el Transiberiano? ¿Y si una vez en Moscú —cansados de tanta noche y tantas rutas— bebiéramos un té y volviéramos al vagón para subir de nuevo al exilio que somos?

Llegaríamos hasta París para encontrarnos.

Entonces escucharías mi pecho titilar. También hay una estrella ahí, un astro sin gloria, alguien vencido.

Julio, 1926

Rainer:

Lo que siento por Boris pasará, parece una estación nublada, refrescante, pero gris. No tengo duda de que los tres habremos de encontrarnos algún día. Le preguntarás sobre los gobernantes que admira. Ambos hablarán de libros, de Roma y Grecia, de todos los secretos en los idiomas que nos abrazan sin que los dominemos. Los veré desde el país sin bandera que soy, desde la apátrida en que me he transformado. Luego habremos de despedirnos otra vez. Todo triángulo es impresentable.

Entiendo si intercedes en nombre de la paz, de la concordia, de la camaradería que debe juntarnos. No es que me interese una confrontación. Es la prosa de Pasternak quien nos separa. Suena absurdo, sí. Y resulta desesperado como el guerrero que, sabiéndose herido, vuelve a levantar el sable. Suena terrible, pero hoy es un buen día para inventar el perdón, para inventarnos.

—M.

Julio, 1926

Si me empequeñezco ante Rilke, no habrá mucho qué hacer. No dejaré de ser la alumna, una fanática de sus versos —aunque lo sea—, una devota asistente a la eucaristía donde las renuncias son limosna. Yo tengo futuro, Rilke ya no. Y a pesar de que lo recordarán gloriosamente —una obra de esa estatura así lo exige— no soy más pequeña en el ardor de los mismos poetas cuyo ritmo es combustión en nuestra alma. Boris, sabes que estamos siempre ardiendo, que nuestro pensamiento es maleable. Quizá por esa razón nos extrañamos tanto.

Julio, 1926

El triángulo se declaró en mi contra —como si fuera posible habitar un vértice benigno— entiendo que era inevitable, pero la ausencia de Rilke me quema como hielo afilado. Buscamos la voz que no llega y requieren nuestras palabras en un horizonte al que no acudiremos. Seré la hermana de Boris por siempre. Con él será posible, quizá, concretar un encuentro para que la fuerza de la imaginación, ese impulso con que lo soñamos, no agrande la llaga.

Rilke es viejo, está cansado. No le somos necesarios. Ama a Rusia con la nostalgia del joven que fue. Nosotros le recordamos su fervor por una época, por la libertad que tuvo y perdió porque es la del comienzo, cuando uno es una promesa solamente; cuando no existe aún la terquedad de una vocación experimentada que ve cómo se quema el último barco, el transporte que nos llevaría de regreso a una existencia sin arte. Imposible. Por eso somos sólo dos rusos para él, dos espejos de su memoria, de su felicidad al lado de otros seres que enmarcaron esa búsqueda literaria que tan bien llevó a cabo en nuestra tierra. Así es, Boris, insistir en encontrarnos con él, como ese trío que somos y que no alcanzó a entender los materiales del espíritu con que se defiende de la distancia, es un error. Me preocupa, además, saberlo enfermo. No lo he leído de buen ánimo. Parece que el tiempo lo ha vencido.

¿Por qué le hablo a Boris si escribo en mi diario?

Agosto 6, 1926

¿Cómo no adorar a Rilke? Así responde a mis desasosiegos:

Tu lenguaje es como el reflejo de una estrella, Marina, aparece en la superficie del agua, y alterado y perturbado, escurre y surge de nuevo, pero ahora a una profundidad mayor, como habiendo tomado confianza en este mundo de espejos: siempre así, después de cada nueva desaparición suya: siempre más profundamente en las olas. (Tú eres una gran estrella.)

Agosto, 1926

Le escribiré una carta a Rilke donde mi desesperación sea un espectro negrísimo. Él ya no quiere hablarme. Escribió: "si repentinamente dejase de informarte qué sucede conmigo, tú, de cualquier manera, deberás escribirme siempre que..." No hay otra interpretación más que me quiere ver sosegada, que no sienta que en la vida somos algo y ahora, que este amor por él, desmenuzado en días y cartas, no me inquiete. Improbable. Rilke ya no puede impedir que me instale en la gran bajeza del amor, que me ausente por un tiempo. Aun cuando le diga que no quiero ir a buscarlo, que ya no debo pensar en él, que toda aquella poesía entre nosotros se ha desvanecido, no lo creerá. Él siente mi tortura, la puede oler, pero no sabe la monstruosidad de ese tormento.

31 de diciembre, 1926

La próxima carta para Boris tendrá que ser muy corta. No se deben dar malas noticias abundando en frases vacías. Hoy me enteré de la muerte de Rilke. Llegaron a hacerme una invitación para la cena de Año Nuevo y entonces soltaron la información como si fuera un chisme cotidiano. Temblé. Durante varios minutos no pude moverme. Luego me escabullí para llorar a solas, para buscar las últimas frases que Rainer enviara en donde vuelve a relucir un posible encuentro entre los dos. Ya no veremos la primavera en Italia ni nos abrazaremos para escucharnos el uno en el otro. Si bien pongo entre comillas vida y muerte desde hace mucho, sin Rilke perderán sentido las futuras cartas que escriba. Nada de lo que venga será suficiente. Escribiré, sin embargo, para no dejarlo ir del todo, para que sus ángeles regresen.

Me preocupa Boris. Lo acabará la muerte de Rainer.

12
Vaho y adiós

Ese estuche era más amplio, pues se trataba de un gulag más permisivo. Ahí sólo había que cortar madera y soportar los días muy cortos —con poquísima luz, si acaso dos o tres horas— en una comunidad de Turujansk, en la región más profunda de Kranoyarsk, el corazón de Siberia. Ahí había que aplicar, otra vez, duras estrategias para sobrevivir. Ariadna se sabía ese paisaje de memoria, ese negro sobre blanco con que el invierno escribía cada minuto. Eran muy pocos los mayos brillantes que calentaban el alma en el deshielo.

En ese lugar había hombres y mujeres de todas las edades. Compartían un doloroso exilio sin más novedad que los retos cotidianos de las tareas forzadas. Aprendían rápido a saber quién era más apto para derribar un pino o quién se las ingeniaba muy bien para organizar los cortes eternos de aquellas cortezas arbóreas, nunca del todo iluminadas, porque el cielo parecía estar siempre cubierto con un abrigo gris que ennegrecía sin compasión conforme las horas pasaban. Así que se repartían el trabajo bajo la vigilancia de guardias abúlicos que corrían el peligro de fraternizar con los prisioneros, de amigarse con la desgracia de cada uno, de dejarlos de ver como objetos, como material penitenciario.

"Es que Siberia no perdona. Si no te unes a los demás, es la muerte quien te llama", solían decir los más viejos, los experimentados que, en el riachuelo de agosto, cuando el mes era un poco líquido, pescaban truchas que pelaban y comían a escondidas. Era un modo más de jugarse el pellejo bajo el rencor de temperaturas obscenas que obligan a andar con el rostro tapado, con un silencio vuelto escarcha que se prefería a sentir el propio aliento congelándose en ese espacio cuya melancolía era otra de las torturas invisibles.

Ariadna toleró seis años más escribiendo cartas, poemas, historias cortas de trágicos finales. Los protagonistas de esos cuentos eran individuos indestructibles por su carácter hosco, por sus golpes de suerte, pero más que nada por la solidaridad de un tercero que le señalaba al héroe la ruta de su salvación. La traductora, fiel a la enseñanza de Marina, llenaba cuadernos vueltos diarios o borradores de libros que nunca iba a publicar. Aprendió ese desahogo muy temprano. Las libretas eran uno más de sus juguetes. También dibujaba y llegó a ingeniárselas para pintar algunas viñetas.

Svetlana apareció en verano. Tenía los ojos más hundidos, el cabello muy corto y había ganado algo de peso. A ambas les costó reconocerse. Fueron sus voces el indicador indiscutible de que estaban hablando con las mismas personas de aquel gulag estricto. La militar trató de guardar las formas, pero le fue imposible. Por poco y se abrazan. Encontraron la manera de ponerse al día. La primera persona por la que Ariadna preguntó fue Evgenia.

—Está bien, como siempre, guerreando; aunque se le vio triste cuando te trasladaron, pronto recobró el ánimo —respondió—. Lo cierto es que las cosas no marchan muy bien por allá. Llegan cada vez menos recursos y las condenas se vuelven eternas. Ha dejado de haber traslados como los nuestros.

La hija de la poeta escuchó un dejo de hastío en las palabras de aquella mujer avejentada. Tal vez es verdad que todo cambio de hábitat revela el paso del tiempo. Se preguntó, por ende, cómo la vería ella con esas nuevas canas que le habían brotado, con esos espesos hilos de brillante nieve en la cabeza.

La primera conversación fue seguida de otras que tenían lugar en las horas de los recesos. Aunque no sobraban los guardias, pues se destinaban pocos hasta esa región, además de que los condenados de ese campo se consideraban menos peligrosos, ya casi readaptados, era posible fumarse un cigarrillo en las amplias áreas boscosas. Una tarde, cuando los superiores de Svetlana pasaban lista en una junta, ésta se relajó lo suficiente como para contarle a Ariadna los pormenores de su traslado. Acababa de terminar un cigarro rubio, sólido, como el dedo de un cosaco. El humo aún flotaba en la humedad del ambiente. Con la bota marrón, sucia de lodo, la nieta de una bolchevique apagó el tabaco. Pronunció frases lejanas con los ojos vueltos, de vez en cuando, gelatinas:

—Hace tiempo, cuando comenzaron a llevarse también a los utópicos, entendí que mi abuela tenía razón: se debía tener cuidado con una idea que se vuelve realidad porque entonces el sueño cumplido nos devora. Como ella, creí en el proyecto del "hombre nuevo". Nuestra nación está llamada a cambiar la historia, sí, aunque el camino de la realización sigue plagado de tretas... Somos seres humanos, siempre me lo digo, así es como pretendo justificar los pensamientos burgueses que me asaltan. Sí, me encantaría tener otro tipo de ropa; leer otros libros. Como a ti, me gusta encerrarme sólo con la compañía de mis lecturas, pero un soldado está para obedecer. Entendemos que somos piezas de un engranaje, que formamos parte de un plan superior. Se nos educa para ello. La instrucción que recibí fue un adoctrinamiento intensivo. Sin embargo, algo en mí, no sé por qué te lo cuento, se cuestiona. Detesto el maltrato por el maltrato mismo. Sé que es un trámite más de nuestra labor, pero en la mayoría de los casos no se justifica. No podía entender la facilidad con que otros lo perpetran. En el caso de Oleg, por ejemplo, él no ve a las reclusas como seres humanos. Se nos dice, entiendo, que hay otros valores superiores, que la individualidad es un cáncer, que no se puede trabajar para la gran causa con miramientos. Oleg se extralimita, va más allá. Disfruta con cada grito, con cada golpe. Él levanta la mano cuando falta uno de nosotros en los cuartos de "recibimiento". No duda en arremangarse y procede de inmediato. Le gusta soltar golpes sin escuchar instrucciones o sospechas. "Todos son unos perros traidores, todos", repetía. Entonces era cuando más lo detestaba, y sin embargo debía sonreír y celebrarlo para ganarme su aprecio. ¡Qué equivocada estaba! Todo el gulag sabía que estaba obsesionado conmigo. Logré esquivarlo varias veces, pero las largas jornadas de trabajo no nos permitían distanciarnos. Como recordarás, hacíamos guardias y rondines en pareja. La noche del 31 de diciembre, luego de un breve brindis con el director del campo, intentó violarme. Ya lo habían reprendido en varias ocasiones por sus abusos con las reclusas. Fue castigado, incluso, con un arresto de cinco días. Una de las más jóvenes, quizá de dieciséis años o algo así, me buscó con una hemorragia entre las piernas: el infeliz le introdujo una macana en los matorrales del patio. No me perdonó que lo expusiera, qué importa, era mi deber. Se nos preparó para eso, para defender el honor, para no permitir que nada ni nadie rebasara las leyes de nuestras repúblicas. Por supuesto que no lo olvidó. Entendí, por su mirada asesina, que debía irme con cuidado. Dejó pasar algunos meses. No volvimos a tratarnos igual. De hecho, evitaba hacer guardia conmigo cuando anteriormente llegó a pagarle a otro compañero para cambiar los roles de la semana.

—Nunca hubiera imaginado que ustedes pudieran cambiar turnos —interrumpió Ariadna abrochándose dos botones de la gruesa chaqueta ante una potente ráfaga de viento que las despeinó—, siempre pensé que, como nosotras, también sufrían las imposiciones del sistema.

—Ay, 1701… perdona que te diga así, me acostumbré a las cifras. Sé que acá los llaman por su apellido. Estoy haciéndome a la idea. Me es más fácil recordar números. Te decía, si supieras de la corrupción de la que los hombres son capaces… En fin, no puedo hablar más. El caso es que Oleg tramó bien su venganza. Estaba al tanto de cada uno de mis movimientos. Sabía a qué hora iba al baño, dónde y en qué receso salía a fumar. También notó con cuáles reclusas tenía una relación más cercana por las horas que me destinaban a su taller. Comenzó maltratándolas delante de mí con una saña insólita. Me provocaba de ese modo. En varias ocasiones apreté los dientes para no ceder a su plan. La idea era que me arrestaran, que defendiera a una de ustedes y con eso le diera elementos para ser considerada una traidora. Aguanté. Fue complicado, pero lo hice. Como esa trampa no le dio resultado, pasó a los hechos —respiró hondo e hizo una pausa entre el vaho de su respiración menos azul que el humo del cigarrillo.

—No sé si deba enterarme de eso. Falta poco para que termine el descanso y creo que debería volver a mis tareas —mencionó Ariadna, asomándose al patio que entonces le parecía lejísimos.

—Vaya que te han reeducado, tantos años prisionera no han pasado en balde, ¿eh? Te recordaba más valiente, más desafiante, será que pasabas mucho tiempo junto a 1678. Ella sí que era una anarquista. Todos le teníamos cierto respeto en el gulag. Mira, no te preocupes, aquí las circunstancias son otras. Además, confío en ti y supongo que pronto te liberarán. Conozco tu caso. Apostaba, de hecho, que no te volvería a ver. Me ha sorprendido un poco reencontrarte.

—No sé qué responder. La más sorprendida fui yo —mentía, dando clases de arte lo más seguro es que la volvieran a condenar, sobre todo tomando en cuenta lo delicado de los cargos de la primera detención.

—Permíteme terminar la historia, necesito contarla, no tomará mucho tiempo. Oleg intentó violarme, creyó que podría tratarme como a cualquiera de ustedes… —Ariadna bajó la mirada, ofendida; pero Svetlana no reparó en su reacción y continuó su historia—. Me defendí. Le disparé. Alcancé a herirle la mano izquierda. Tuvieron que amputársela. El escándalo fue mayúsculo. Pensé que me arrestarían sin juicio de por medio, pero lo hubo. En contra de él atestiguaron varios compañeros de guardia. Fue terrible tener que describir la escena: su manoseo, la forma en que intentó arrancarme la blusa, el bofetón al inicio. Me tomó por sorpresa. Actuó rápido, como si hubiera repasado lo que iba a hacer durante días. Eso es lo que dijo el juez, que la premeditación hacía la diferencia. Lo condenaron a diez años de prisión; alguien sugirió que los purgara en un gulag de las minas, donde el trabajo es aún más extenuante. Ya no supe qué pasó. A mí me trasladaron. No podía con la vergüenza. Así llegué a Kranoyarsk. Esperaba que me enviaran más al sur, este sitio lo decidió el tribunal.

—Agradezco la confianza. Tu relato está a salvo conmigo.

Svetlana se encogió de hombros:

—Aquí todos los custodios se enteraron antes de mi llegada. La noticia corrió velozmente, la morbosidad es infinita.

—Lo entiendo.

—Gracias por escucharme, 1701. Veré qué puedo hacer por ti. Ten paciencia, el tiempo también es una locomotora que se lleva el mundo a su paso, no detiene su camino.

Ariadna pensó que para esa mujer era sencillo filosofar con tan bajo presupuesto si no había pasado lo que ella. El tiempo no vuela —como suele decirse—, si un día era gemelar al otro en dolor, en cansancio, en tristeza indomable porque ya no se esperaba más que la confirmación de que la vida iba extinguiéndose y seguía prisionera. Tiempo, eso es lo que le robaron, un precioso recurso irrecuperable, una ansiada aurora boreal irrepetible.

Las semanas transcurrieron sin otros pormenores más que la amistad de Svetlana con algunas prisioneras más locuaces. Al constatar que el carácter de la traductora se había amargado al punto de evitar toda conversación íntima de nuevo, la militar buscó otros escuchas. Los encontró en una joven pareja que se había enamorado en ese campo y trataban de disimular su relación, aunque daban risa sus inocentes estratagemas para esconder lo que no puede ocultarse: el amor entre alambradas. Ariadna lo sabía por haber querido a Samuil de esa forma. Las miradas de aquellos jóvenes la remontaron más de una vez a los meses moscotivas y felices antes de la delación.

Pasó la barrera de los cuarenta años sumida en la desolación de aquel horizonte. Sentía el corazón más afectado por el soplo, la explotación del trabajo, las depresiones cíclicas. Al final, Svetlana sí fue de gran ayuda cuando enfermó y también el día en que intentaron ponerle más trabas para dejarla ir finalmente. Se convirtió en su defensora. Hizo referencia a la solicitud que en 1954, un año después de la muerte de Stalin, la intelectual había presentado ante el fiscal de la Unión Soviética, y en la que describía la larga experiencia de su encarcelamiento, los incesantes interrogatorios del pasado, en los que la obligaban a aceptar que ella era parte del Servicio de Inteligencia francés y que su padre siempre lo supo. En dicha solicitud, Ariadna daba fe del maltrato que se prolongó durante más de quince años, de la injusticia en su contra, etcétera. El papeleo, la insistencia de Svetlana y la férrea resiliencia de Ariadna Efron consiguieron que le fuera otorgada la libertad. Cuando tomó el tren hacia las repúblicas sureñas, lo único que llevaba era un cuaderno con los mejores textos que había escrito, una entrañable antología, como las que su madre solía reunir.

Salió del campo sin mirar atrás esta vez. Había madurado como la uva de un vino reacio, pero espléndido. Aún no lo sabía.

SEGUNDA PARTE

13
Vuelta a Moscú

Fue un viaje más largo de lo que imaginó, había perdido noción de toda geografía. No se acostumbraba, por ejemplo, a caminar largas distancias incluso dentro de los trenes larguísimos, cuyo final nunca encontró. Así iba atravesando aquellas repúblicas, en vagones sucios, lentos al entrar en poblados aún con huellas de los bombardeos nazis. Dormía entre migrantes de una región a otra, campesinos u obreros en busca del único futuro que el Estado podía ofrecerles. Disfrutaba de paisajes inmensos, de verdes encendidos, de montes casi rojos, de lagunas y riachuelos de agua con vapores azules, de árboles floreados como si el mundo recobrara, de súbito, el carácter de cada estación. La tundra fue desvaneciéndose ante sus ojos como una pesadilla de la que cuesta volver. Ya en Moscú, le sorprendió la cantidad de edificios que se construyeron. La ciudad, en 1955, entraba en una época de líneas altas y rectangulares que nacían en el corazón de los amplios jardines o frente a las nuevas avenidas, más amplias, con banquetas fuertes para los peatones. Esa arquitectura, que se desarrollaría en unos años, contrastaba con las catedrales y el oro curvo que brillaba a lo lejos cuando un pedazo de sol se asomaba entre las grietas del cielo plomizo. La anterior grandeza de los zares sólo seguía en pie rodeando el Kremlin. Ariadna se sorprendió por los vigorosos colores de la Catedral de San Basilio, pues no habían sido arrancados de la Plaza Roja. Stalin amenazó muchas veces con hacerlo. Por lo demás, el rostro de Moscú apenas sí envejecía.

El corazón le dio un vuelco cuando el carro dobló en la calle de Olga Vatle, la eterna amiga de la familia, una dramaturga leal que siempre había ayudado a Marina Tsvetáieva en cada apuro con hospedaje, dinero, incluso cuidando de Ariadna. Olga acababa de perder a su hija debido a una leucemia intratable. Sin embargo, no estaba sola, Miroslava la había convertido en abuela unos años antes de morir, por lo que se hacía cargo de Orgest, el único nieto. Para mantener la casa percibía un sueldo de profesora en la universidad central. Ya no escribía. El régimen había impuesto una férrea censura.

Ariadna tocó el timbre con un vacío seco en el estómago. Tardaron en responder. Intentó cuatro veces. Antes de la quinta, dos puertas se abrieron: la de la calle y la de protección, tan común en los días de persecuciones y allanamientos. Una mujer corpulenta la abrazó de inmediato. Lloraron las dos. La delgadez de Ariadna hacía que su cuerpo se perdiera entre los brazos rollizos de su amiga.

Minutos más tarde, en la sala cuya desnudez en las paredes hacía pensar en apuros económicos; en una antigua búsqueda de compradores para los cuadros famosos que solían vestir los muros, Ariadna hizo las preguntas inevitables y recibió desoladoras respuestas:

—No encuentro la manera de decirlo, pero lo sabrás de todas formas —comenzó a hablar Olga mirando la punta chata de sus zapatos viejos.

—Tengo que saberlo todo, aunque no me vaya a hacer feliz —interrumpió Ariadna tomándole un hombro.

—Mur y tu padre…

—No sobrevivieron —murmuró Ariadna—… ¿no sobrevivieron, eso tratas de decirme?

—Hemos vivido los peores años que puedas imaginar… Perdón, claro que puedes, viniendo del horror de esas crujías. Lo de Mur fue injusto, horrible. Nadie esperaba que un chico tan joven, tan convencido de su amor por este país enfermo, fuera acabar de ese modo, bajo las armas de sus compañeros en la frontera. La guerra parecía no tener fin. Tu padre, supongo que puedes imaginar que…

—Lo fusilaron apenas me llevaron. Algo intuí por las cartas que todavía recibí de Marina —interrumpió de nuevo Ariadna con la voz rota.

—Es mucha información, hija, ya te irás enterando de los detalles, has sufrido suficiente… Mejor hagamos una pausa para comer, mírate, mira lo que te han hecho. Ahora mismo lo vamos a arreglar —añadió Olga acariciándole el cabello.

El té se prolongó hasta entrada la noche. Pasaron de la comida a la cena, aún más frugal, sin otra transición que una charla interrumpida por Orgest, el niño curioso que miraba con interés a la recién llegada. Olga le acercó papel y crayones para entretenerlo. Ariadna lo miraba sin descanso.

Encontraba en él un gran parecido con Mur en los ojos verdes, pero también con su padre por las manos largas y finas. En algún momento creyó que la luz de la chimenea, el comedor con aplicaciones doradas, no eran reales; que el pan y la sopa de cebolla desaparecerían en cualquier segundo para volver a la escasez del gulag.

No pudo conciliar el sueño. Trató de recordar la última vez que había visto felices a su hermano y a su padre. Habían ido a pasear al Bosque de Plata. El lago estaba congelado y varios niños patinaban, reían, persiguiéndose unos a otros. Efron ejercía la paternidad como un cómplice, con muy poca severidad. Consentidor, dejaba que aquel chico corriera entre las hojas mojadas, que se quitará el gorro a pesar del viento.

—Ya es todo un muchacho —le dijo a Ariadna, pero para ella eso no era un halago.

—Si es ya un muchacho, entonces no debería comportarse como un niño.

Serguéi la calló con un beso en la frente. Eso fue todo o más bien, eso quiso recordar para despedirse, para entender que él estaba muerto. Pensar en Marina era más difícil y doloroso. Le costaba retroceder a los años en Bohemia o a una vecindad maloliente a las afuera de París. No, de ella no podía despedirse, no lograba encontrar el bálsamo de una memoria amable. Al contrario, una y otra vez regresaban a su mente los días complicados por la precariedad que iba tornándose extrema. El nerviosismo de la escritora llegó a convertirse en un obstáculo para su comunicación con el mundo. Ariadna era el ser más próximo a ese universo de literatura total donde lo urgente pasó a segundo plano en nombre de una página, un libro por terminar, un poema por corregir. La falta de solvencia económica y el encierro no eran una buena combinación.

Ariadna quería dormir. Trató de espantar aquellas memorias tan amargas como el café cargado que su madre se servía a primera hora de la mañana, cuando después de alguna labor doméstica indispensable, se encerraba a escribir en esos cuadernos incontables. Era una rutina en la que se jugaba el presente, es decir, la existencia. Lo que hagamos en el aquí y en el ahora programa, invariablemente, acontecimientos futuros. No podría decirse que el porvenir a largo plazo le importara a Tsvetáieva. Tenía una fe indomable en su escritura. Sabía que construía una obra importante, que sería cuestión de esperar el momento. Cabía la posibilidad de que el golpe de suerte no llegara, pero lo trascendental de aquel viaje era la apuesta.

Ariadna cayó en un sueño profundo que no invocó. Reflexionó durante más de dos horas sin poder pegar los ojos y los pensamientos mismos la arrullaron. Lo entendió porque el descanso se vio interrumpido por la pesadilla del gulag. La silla, el brinco y el péndulo.

14
Primer baúl

Hay personas que sí vuelven "reeducadas" de un gulag, pero sólo en los términos que el Partido establece: convertidas en seres silenciosos, en insectos cuya vida se ofrenda a una colonia, un hormiguero o un panal que terminará aplastándolos. Son pocos los que regresan con ganas de vivir, sin ese rictus que proviene de una mirada muerta. El retorno de Ariadna era de los peculiares, de los giros de una rueda que reacomodan la vida para que ésta recupere sus proyectos. No le era fácil sentirse en paz en una casa que poco a poco iba adquiriendo ese olor sucio, frito y dulzón de todos los hogares rusos.

Continuaba la era de los cuidados extremos cuando se hablaba de temas políticos; un tiempo de música a todo volumen, de conversaciones en voz muy baja y lejos del teléfono. Los espías de la era de Stalin se transformaron en una nueva especie que demandaba pocas habilidades y mucha menos sofisticación: los delatores asignados por el azar de una lista negra. La paranoia creció. Olga solía correr discretamente las cortinas para comprobar que afuera no estuvieran vigilándolas. Optaba, además, por charlar en la cocina con las ventanas cerradas, como si el sonido de los vidrios, al chocar unos con otros, celebrasen una ceremonia que aseguraba la salvación.

Ariadna no tardó en encontrar similitudes entre aquella vida cotidiana y algunos hábitos tortuosamente impuestos en el campo de trabajo. La libertad recién adquirida no era un pasaporte a la calma, al contrario, el terror de perderla era el umbral de pesadillas sin fin durante las primeras noches de su regreso. Tampoco era del todo feliz con esa pulcra o maloliente pasión por la verdad, por desear saber qué había ocurrido realmente con Marina, en qué condiciones se había dado la muerte, si en verdad se trató de un suicidio. Una parte de su interior se negaba a creerlo. Entonces el sufrimiento era mayúsculo, sí, pero cabía la posibilidad de que Marina pudiera aguantar otro poco. No le habría sorprendido. Conocía a su madre como ningún otro ser. Ella misma había escrito en un diario cuando era niña:

> Mi madre es triste, rápida; le gustan la poesía y la música. Escribe versos. Es paciente siempre, lo soporta todo. Se enfada y ama. Siempre tiene que ir corriendo a algún lado. Tiene un gran corazón, una voz que acaricia y andares rápidos. Marina siempre lleva sortijas. Marina lee por la noche. Casi siempre hay una chispa de malicia en sus ojos...

Y ahora, un fuego apagado, pensó, y la cascada en las córneas sólo se detuvo al contemplar la tapa de ese cuaderno amarillento. ¿Dónde habrían quedado los otros diarios de su madre? ¿Qué habría sido de esos otros cuadernos? Repite "otros" como si fueran los que importaran porque en ellos, recuerda, brota sin concesiones aquel torrente de andar veloz y encendido. Lo que daría por tenerlos todos, ordenados, formando juntos una gloriosa torre de experiencias y párrafos como venas, como carne que vuelve a la vida. Una labor a la que pensaba dedicarse después, cuando solucionara el sustento, ya que el sueldo de Olga era raquítico y no podía prolongarse demasiado tiempo el lujo de abusar de aquella hospitalidad. Pensó en pedir trabajo como profesora de idiomas; sin embargo, olvidaba que nadie que hubiera pasado por un gulag era aprobado para ese tipo de puestos, los reeducados no pueden educar.

Ariadna sabía traducir, ésa era su pasión, el único oficio del cual nunca se había avergonzado. También podía, ahora, trabajar la madera de varios modos distintos, su negada habilidad manual había sido desarrollada exponencialmente decorando con dolorosa precisión juguetes de diversos tamaños. El dinero que le habían dado al salir del confinamiento se le acabaría muy pronto y debía pensar en un plan. Podría hacer traducciones para una de las oficinas del Estado, aunque tendría que dejar pasar al menos seis meses para ser considerada como posible candidata. La única opción era vender algo en el mercado negro, del cual había escuchado hablar estando presa, cuando una nueva compañera llegó moviéndose como *cocotte*. Era obvio que llevaba noticias del mundo y se resistía a ser llamada 1975, "mi nombre es Dinoreva", repetía en voz baja, causando sonrisas, conmiseración. Fue ella quien le contó que trabajaba con unos tipos que conseguían perfumes, chocolates, medias y calcetines de seda. Se había hecho amante de uno, típica historia, y la delataron para salvar el pellejo. No obstante, su ingenuidad seguía intacta:

—Eso no es todo, Mishka y Alexander conocen a mucha gente importante. Estoy aquí debido a una confusión. No sería raro. Mishka le ha conseguido trabajo hasta al más tonto de su cuadra. Los oficiales del Partido lo respetan. Creció entre ellos. Ya verán cómo salgo pronto. Yo nunca había trabajado más que moviendo la mercancía de una casa a otra, la llevaba bien guardada en mi abrigo de gamuza —esto último lo dijo disminuyendo el tono de voz, cuando advirtió cómo la sola pronunciación de esas palabras causaba un efecto terrible entre las compañeras del gulag.

—Ven para acá, rubia, si quieres sobrevivir, olvídate de una vez por todas de esos dos imbéciles que seguro te entregaron. Y, por favor, renuncia a las palabras que la miseria y la muerte de este lugar prohíben; palabras inocentes como "perfume" podrían convertirse en una ofensa —recomendó 1678, dándole a la joven una palmadita en el hombro.

Ariadna repasó la escena, aunque le era difícil creer que, con el miedo a ser arrestadas —un temor que crecía como infección en el tejido de la población rusa—, existiera aquel tipo de comercio regenteado por suicidas capaces de conseguir cualquier cosa, de conectar necesidades urgentes con soluciones inmediatas y ella, con su dominio de cuatro lenguas podría ser, en efecto, una solución. Sólo tendría que encontrar el modo de ponerse en contacto, lo que en su condición de expresidiaria parecía imposible.

La idea por sí sola la desalentó, no conocía a nadie por aquellas fechas y los contactos de su tía habían ido muriendo durante los últimos años. Además, estaba pendiente el asunto del pasaporte sin el cual, como identificación anterior a su arresto, no podía obtener las nuevas cédulas de identidad que expedía el Partido, unos cartones rojos con la foto y el sello correspondiente. He ahí otra similitud con el campo de trabajo: la sensación de estar atrapada, de no tener más remedio que esperar lo inevitable o, si se tiene suerte, un revés en los acontecimientos que torciera el destino para bien. No estaba lejos de esa vuelta de tuerca, sólo tendrían que pasar tres meses que resistió a golpe de abrazos de Orgest, los pasos nerviosos de Olga, paseos por los nuevos parques y la búsqueda en viejos baúles con cartas y fotografías de sus padres.

Al fondo de uno verde, el más maltratado por el paso del tiempo, encontró una libreta con la letra rápida de Marina, sólo eran dos páginas en las que la poeta había garabateado algunas impresiones sobre su hermana y el tema central de su destino, porque para ella la poesía era la vida misma. No había fechas en esos párrafos y no era raro para Ariadna, pues Tsvetáieva concitaba cierto desorden en su escritura que luego, en el proceso de revisión, cobraba un orden mágico, como si desde el comienzo de los versos, o las reflexiones aparentemente inconexas, hubiera un hilo de plata amarrando una línea con otra, una frase, una página, un cuaderno con otro. Ariadna siguió leyendo las cartas que le había dado Olga después del desayuno como si con observarlas fuera suficiente para tranquilizar su conciencia. Pero entendió, al cabo de varias horas, que para comprender qué pasó exactamente con Marina eran necesarias otras más, tal vez otro conjunto de esa correspondencia enigmática. No obstante, podría seguirle el rastro a esas misivas, aunque la poeta había dejado migajas de papel y tinta alrededor de Europa del Este.

Ariadna recordó las largas estancias en Praga, en Berlín, en París, como si cambiar de cuarto, de paisaje y lengua fuera algo normal durante el crecimiento de cualquier mujer. Cada miembro de la familia llegaba con una maleta apropiada a su tamaño. La de Marina, por supuesto, era la más grande; la de Ariadna y Mur, de menor dimensión. Lo curioso es que al paso de los años, la de ellos nunca estiraría, seguiría siendo igual, una maleta de niños, aunque la vida dejada atrás en estaciones de trenes y los cambios en el cuerpo, en la voz, dictaran lo contrario. Empero, eran felices de un modo inalterable, jugaban trazando juegos y rayuelas en los lodos de todos los países y no tenían problema con probar el agua de los lagos así fuera termal o helada, de montaña azul con nieve. Cuando llegaron a París, se produjo un cisma importante.

15
Las golondrinas enferman

Mayo, 1928

Traduzco por amor. Llevo la obra de Rilke al ruso porque es la ofrenda que le hago al porvenir. Cada una de sus palabras que cambio al transcribirlas a mi idioma son promesas que se cumplen. No es para que lo lean que lo acerco a mi gente, sino para sentirlo mío en el más amplio de los términos. Lo hago hablar, pensar, sentir en el abecedario con que me fue dado el mundo. De esa manera vive más allá de su partida. Traducirlo hasta el final, eso quiero, que no venga la muerte a quebrar esa conexión. Al contrario, que sea todo aquello no vivido, pero imaginado, lo que nos una de una lengua a otra.

Mayo, 1929

Me han vuelto a preguntar por qué contraje matrimonio con Serguéi Efron, como si tuviera que justificar esa unión, a mi familia. Su madre, de estirpe noble, trabajó en la clandestinidad con el que sería su esposo. Así que tuve una suegra heroína con las ideas de Kropotkin bajo el brazo. Por ello fue juzgada y condenada a prisión en varias ocasiones. No es de extrañar que en el seno de esa familia revolucionaria ruso-judía me sintiera mejor que con mi padre y mi hermana, asustados por los cambios políticos de entonces. En contraste, el progenitor de Serguéi era valiente, discutía con la venia de filósofos y economistas. En esa casa todo era aprendizaje, conversación inteligente, igualdad, cariño. Serguéi era tierno y rebelde, igual a su madre, quien podía preparar una sopa borsch al tiempo en que criticaba las últimas decisiones del zar. Supe de inmediato que pertenecía a ellos. Fue una consecuencia de mi fascinación por todo lo libre, por todo lo intenso, por todo lo oscuro de aquellos meses de 1911, cuando ser anarquista significaba querer vivir en el infierno. Y era hermoso porque había esperanza.

Enero, 1930

Vi a Maiakovski por última vez. Ha envejecido su alma. Como los demás, se puso en mi contra y eso que pocos le fueron leales como yo.

Octubre, 1931

Tomo notas para un ensayo sobre el poeta y su tiempo porque Rusia, para mí, tampoco es suficiente. Cualquier artista es en esencia un inmigrante, aun en su lugar de nacimiento, rodeado de los suyos. Ocurre porque se trata de una emigrante del Reino de los Cielos y el paraíso de la naturaleza. El poeta lleva siempre el signo de la inconformidad, gracias al que se le reconoce. Es un exiliado de la inmortalidad en su propio cielo. Lo grave es que no tiene escapatoria. La condena crece entre nubes y álamos.

Noviembre, 1932

Serguéi:

No sé por qué insististe en visitar Moscú ahora. Estamos pasando uno de los peores momentos. No te bastó con tu larga enfermedad, con todos esos médicos visitados y el último, al que ya no le pudimos pagar. Sí, mejoraste un poco y tomaste el primer tren. No me quisiste contar a qué vas. No pregunté porque tú no interfieres en mis afectos; yo tampoco lo haré en los tuyos. Pactamos desde jóvenes hacerlo así. Era la única manera en la que podría ser tu esposa. Era el único modo en que me tomarías. Sin embargo, cada vez es más difícil la vida. Procuro no quejarme de la carne de caballo, de la reserva de mantequilla y el pan duro en ocasiones. Hoy fue uno de esos días en que me sentí culpable, como cuando era una adolescente católica. Hoy comprobé que el vestido de Ariadna le queda chico y está rompiéndose. Traté de hacer memoria desde cuándo no le compramos otro. No logré recordarlo.

Mira, Efron —como te llamaba tu madre— Efron, corren rumores de que fuiste a Moscú a entrevistarte con gente de los servicios secretos del régimen. Ojalá no sea así. Son asesinos. Manchan con sangre lo que tocan. Recuerda que la política es una abominación eminente.

No tengo más que contarte, te mando en esta carta mi angustia que te besa. – M.

Noviembre, 1932

Empezó con fiebre. Traté de resistir, continué levantándome temprano para terminar la obra que escribo. Fue imposible. A la temperatura elevada siguió un mareo. Apenas sí logré terminar dos páginas. Tosí y el pañuelo quedó impregnado con sangre. Contraje tuberculosis acá, en París, la ciudad de la luz, del amor, del arte en su esplendor más soberbio. Mi madre murió de la misma enfermedad. Conozco los síntomas, sé que no es un asunto trivial. Intenté hacer memoria, ¿dónde pude haberme contagiado? Inútil. En las últimas semanas anduve paseando por barrios concurridos. Estuve en la Catedral del Sagrado Corazón. Encontré una procesión de fieles que venían de lejos. Tal vez ahí, mientras bajaba las incontables escaleras, entre esa muchedumbre de peregrinos. Parece una broma de mal gusto que una visita a Dios sea lo que enferme. Por eso mejor pensar en el diablo de mi infancia, en la imaginación que me hizo crearlo. ¿Me curaré si pido su intervención? Ariadna se hace cargo de esta covacha maloliente donde vivimos. Temo que la haya contagiado.

Diciembre, 1932

Ambas nos hemos recuperado pronto. Alya la pasó menos mal. Me alegro. La juventud es una gran fortaleza. Compramos antibióticos que debimos compartir. Ariadna enfermó sólo una semana después de mí. Fue como si su organismo supiera muy bien en qué momento rendirse. Reaccionó de inmediato al reposo. Sus crisis de tos no fueron alarmantes. Las mías le sacaron lágrimas. Creíamos lo peor. Le conté, en cuanto pude, de los otros libros que pensaba escribir. No paraba de darle instrucciones sobre qué hacer en caso de que yo muriera en este cuarto de un suburbio. Le pedí que pasara en limpio los que tenía pendientes. Tal vez esa tarea, junto con la de cuidar a Mur, cocinar con agua limpia y estar al pendiente, la dejó exhausta. Ella necesitaba el descanso más que yo.

Enero 2, 1933

No reconozco la carne como tal, no vivo en mis labios, creo que cuando uno ama a una persona se desea siempre que se vaya, para poder soñar con ella. Detesto este mundo contemporáneo, es una esfera ordinaria, traiciona y miente, es el mundo de los cuerpos.

Ser hombre o ser mujer no es una propiedad del espíritu. Los ángeles, sin sexo, aman lo que aman sin importar las etiquetas. Es el encuentro de las almas lo que importa. En un cuerpo de mujer puede estar prisionero un hombre. No me importan esas circunstancias. Cuando le escribo a Boris o Rilke no pienso en su sexualidad, sino en el amor que imaginamos.

El cuerpo es quien se pudre. Sofía, la mujer que amé, no lo entendió.

Febrero, 1933

Soy una sombra de la sombra de alguien. Entiendo el rechazo. Todo Moscú en mi contra y cerradas todas las revistas de París donde pudiera publicar algún texto. Soy una apestada del exilio, pero también una presencia que nadie quiere en Rusia. Sólo dije la verdad sin retractarme. Como consecuencia natural me acusan de haber señalado la ignorancia de grandes escritores europeos. Afirman que soy insufrible, que no se puede hablar cotidianamente conmigo, que todo lo quiero volver literatura. La vida es arte o no es. No hay líneas divisorias, quien las traza no es un verdadero artista. Acepto el hambre, la marginación, pero no las aduanas que el universo impone.

Marzo, 1933

No me arrepiento de mis hijos. Si no fuera por Ariadna, el mundo sería aún más terrible. Tengo la fortuna de tener una amiga que salió de mi vientre, un hada pequeña que se interesa por los autores alemanes, por lo que escribo. Tengo a la mejor lectora de poemas que pocos entienden. Mi hija mayor es capaz de recitar un canto de *La Ilíada*, de relatarte cómo es que ella le ayudó a Teseo a salir del laberinto. Con sus ojos de cielo total llama la atención de los adultos. En París alguien pensó que estaba poseída por el diablo. No podían creer que con siete junios hablara con soltura sobre Pushkin. Con Ariadna no todo está perdido. Más allá de mí, cuando los años nos venzan a todos los que habitamos hoy el universo, quedará la huella de mi hija, lo sé. Es un presentimiento de madre, un relámpago sin fin.

16
Filatelia

FUE UNA MAÑANA GÉLIDA, EL OTOÑO COMENZABA A DIEZMAR los cedros y era el turno de Ariadna para salir a formarse por la ración de pan. Llevaba un guante agujereado en el pulgar derecho, lo cual la obligaba a andar con las manos guardadas en las bolsas del abrigo. La oficina de alimentos se encontraba a espaldas del Campanario de Iván el Grande, de tal suerte que aquella larga fila, en espera de una libra de pan negro y mohoso, parecía más bien una peregrinación religiosa en tiempos de un pueblo racionado, controlado, mas a decir de sus dirigentes, feliz y justo. Las caras largas de los camaradas tiritando de frío, frotándose las manos, fumando o escupiendo tabaco, recordaban el poema de Ana Ajmátova, aquél del libro titulado precisamente *Réquiem*, donde una mujer que espera, bajo la fina y cortante nieve, que se publiquen las listas de los muertos en combate para ver si sus hijos o su esposo se encuentran en ella, le pregunta a Ana si podría describir ese horror, esa zozobra. La poeta responde, subiendo la cabeza: "Puedo". Algo así ocurría con Ariadna quien, abriendo los ojos mientras avanzaba bajo la vigilancia de soldados del régimen, escuchó hablar en voz baja a dos señoras que iban detrás. Antes las había mirado de soslayo, parecían dos *matrioshkas* con sendos pañuelos rojos anudándoles el cabello y protegiendo sus orejas. Robustas y nerviosas, musitaban:

—Te digo que ya busqué por toda la casa y nada. Soy una tonta. No sé dónde las habré dejado.

—Es una lástima. Yo ya dejé en paz las mías y fue más de lo que pensaba.

—¿En serio resulta tan fácil?

—Que sí.

—¿Como sean?

—No, tienes que llevarlas, en lo posible en buen estado. Conozco al tipo, pero haz otro intento, vuelve a buscar por todos lados.

—Te digo, una vez más, que ya escudriñé cada rincón, cada gaveta, nada. Las habré tirado por ahí.

—Es terrible. Además, tienes que darte prisa. Al rato, cuando más gente lo sepa, se abaratará su precio.

—No comprendo.

—No me extraña.

—No seas cruel.

—Es que no entiendo que no encuentres ninguna carta y con ella, ninguna estampilla.

—Calla, no sigas, nos pueden oír.

Ariadna escuchó, con el pulso acelerado, la conversación de aquellas mujeres que pretendían hablar en clave. Pudo entender que "dejar en paz" significaba vender o hacerte de algún dinero por los medios que fueran, algo sin duda prohibido por el régimen. Al volverse a mirarlas, bajaron la vista con el rostro adusto. Ella tendría que encontrar la forma de informarse a detalle. Si es que realmente las estampillas tenían algún valor, debía saber para quién y dónde negociar con esos timbres. De filatelia sabía poco. Fue criada en un ambiente dentro del cual, el contenido era lo importante, no la envoltura. Medio metro antes de recibir el pan, volvió a ver a las mujeres. Nada. Su silencio era de muñecas muertas. Pero las observó lo suficiente para grabarse sus rostros. Una era mayor, con más arrugas y cabello castaño, tenía los labios finos. La otra, con el cabello claro, corto en picos que enmarcaban las orejas, y de ojos grandes, color verde agua. Movida por la necesidad, Ariadna las siguió una cuadra sin que se dieran cuenta. Al doblar la segunda esquina, la mujer mayor la sorprendió.

—¿Qué quieres, qué buscas? —la confrontó—. ¿Crees que no nos hemos dado cuenta de que nos vienes siguiendo?

—Quisiera hacerle unas preguntas —respondió Ariadna apenada. También su vergüenza era movida por el viento.

—Si es agente o algo por el estilo, si trabaja para el Partido, sepa que tiene todo nuestro respeto porque sólo somos dos señoras que apoyan con toda su sangre a la Unión.

—No, se los juro. Las escuché hablar sobre estampillas.

—No sabemos nada, camarada, en verdad. Discúlpenos, tenemos prisa —insistió la *matrioshka* de ojos como lago en calma.

Conmovida por el miedo de ese par, Ariadna rompió en llanto y las miró alejarse unos cuantos metros. Al tomar aire para desandar el camino, la llamaron. La muñeca mayor se acercó rápido, agitada por la carrera:

—Busca en el campanario a Petrovich, es viejo, usa un gorro verde. Recuérdale que "el pan está cada vez más blando". Él entenderá. Si tienes estampillas, retíralas del sobre con cuidado. Ahora, olvídate de mí. Nunca me has visto.

Y jamás volvió a verla, efectivamente, aun cuando iba repetirse lo que sería para Ariadna una peligrosa ceremonia: ir a formarse por una ración de pan.

Ligera y promisoria, corrió a la habitación de los baúles para extraer, con delicada atención, cada una de las cartas. Pero no abrió ningún sobre, se dedicó a mirar las estampillas. La mayoría estaba en buen estado. Algunas, con sello; otras parecían antiguas, de la época de palacios, salones con banquetes interminables y zarinas enamoradas de los holanes infinitos de sus vestimentas. Había, también, las extranjeras: cruces blancas de Suiza, cuyo marco de laureles o columnas sobrias recordaban la neutralidad de la región. También las checas eran elegantes, de tonos oscuros, lagos y montañas discretas. En contraste, las de Francia, con la exuberancia de los años veinte en los que el vino y el queso, junto con los frutos secos, comenzaban a popularizarse como productos típicos de ese país, o bien, la de paisajes parisinos en flor. Ariadna se detuvo a mirar una de esas estampillas con Notre Dame de fondo y el Sena en primer plano. La diminuta imagen, perfectamente dibujada, conseguía un realismo tal que esas olas milimétricas parecían mecer el barco y agitar a las aves de alrededor.

Estaban, también, los timbres menos alegres, los del Tercer Reich, con un hombre de bigote corto, ademanes impositivos y fondo magenta, los de Hitler en varias poses, todas amenazantes, estampillas que los ingleses —pioneros de la filatelia— ya codiciaban a lo largo y ancho de Europa. La meta de estos coleccionistas era obtener la serie completa del gran perdedor, del payaso que atemorizó, azotó y asesinó sin pausas. Sin saberlo, Ariadna las tenía ante sus ojos. Eran diecisiete imágenes con los sellos del correo de Berlín. Al parecer, Marina escribió mucho durante esa temporada. Lo curioso es que las misivas no eran sólo para su hermana, sino también para la abuela y algunos amigos. Aquellos mensajes resumían el estado de Marina, desesperada, tanto económica como emocionalmente, pidiendo ayuda y solicitando las direcciones de cuanto editor hubiera en Rusia para que publicaran su obra. Ariadna se topó con una carta muy breve, en la que Marina le hablaba a su gran amigo Bely de los sentimientos encontrados que le producía Alemania. No estaba en paz en esa región de Europa, aunque sabía que el exilio era inminente y necesario. Ese malabar de vida angustiaba a la poeta, quien se preguntaba si había tomado la mejor de las decisiones saliendo de su patria.

Prefirió no pensar, no tratar de responder esa pregunta que Bely, otro de los escritores amigos de su madre, seguramente supo contestar con mayor tino. La simple idea de imaginar a Marina en una tumba limpia, junto a la cual crecieran fragarias, las flores favoritas de la poeta, la hacía experimentar un sentimiento de bienestar desconocido, pero apenas recordaba las lagunas insondables que extendían sobre su muerte, el desasosiego volvía a acompañarla como a toda hija que no pudo asistir al funeral, a esa gracia tenebrosa de enterrar a los suyos. Luego se enteraría de que los restos de su madre fueron a dar a una fosa común. Se distrajo entonces con el asunto que la apuraba: las estampillas que, de pronto, habían adquirido gran importancia.

Por pura intuición, Ariadna supo que tenía entre sus manos una buena cantidad de dinero si lograba hacerlas circular. Exhaló. Poseía dos pistas esenciales: el qué y el quién. De haber sabido que resplandecía en su misma casa una posible solución en forma de timbres postales, no se habría angustiado durante los meses posteriores a su liberación. Con todo, el riesgo se incrementaba. En plena repartición de pan existía un traidor a la revolución, ahí, donde la vigilancia era inflexible, ya que hacía poco la multitud había amenazado con sublevarse rompiendo un pequeño cerco de madera que los separaba de las libras de centeno para provocar así un botín en el que el más fuerte, más rápido o más hambriento, se llevara todas las piezas que pudiera. A ojos vistos se daban negociaciones prohibidas. Lo cual carecía de toda lógica, como el cuento de Edgar Allan Poe, donde la carta robada está, precisamente, a la vista de todo el que la busca. Ariadna tenía miedo y se lo pensó durante toda la semana. Sí, una sola libra de pan debía durarle siete días a un grupo de tres personas. Sólo si se trataba de un número par, la ración se incrementaba a cuatro. Tendría, por tanto, que administrar bien ese alimento y armarse de la suficiente valentía para buscar al tal Petrovich que, mirándolo bien, no sería tan fácil. ¿Cuántos viejos con gorros verdes no se formaban en el campanario? Varios, sin duda, esas gorras de tela militar se habían suministrado hacía semanas y, como moda impuesta, varios hombres se cubrían con ellas. El otoño comenzaba a formar nidos de viento infranqueables.

No le dijo nada a Olga para protegerla por si algo salía mal. La traductora había pensado en todos los escenarios posibles, incluso que se tratara de una broma de las *matrioshkas* enloquecidas por el trance de la revolución. No sería extraño. Se sabía de cientos de personas que, de la noche a la mañana, aseguraban ser Stalin y los manicomios debían ampliarse con la misma celeridad de los brotes psicóticos. También podría ser detenida en el primer intento de contactar con el anciano y con sus antecedentes, el gulag la recibiría otra vez. Consciente de lo que había en juego, pasó la tarde cosiendo el guante agujereado.

La mañana siguiente, apenas se lavó la cara, notó que le temblaban las piernas, pero no por la baja temperatura de octubre. Caminó sintiendo un ligero mareo. En el estómago llevaba tres tazas de té y dos raciones de pan con aceite. Miró a lontananza la torre del campanario como si se tratara de la última vez. Los altos pinos, meciéndose, significaban un raro regalo, un privilegio al alcance de cualquiera que está por jugarse el futuro contando, de por sí, con un pasado impresentable. La fila era larga, igual que las veces anteriores. Una vez que se formara, no podría salir porque causaría sospechas entre los vigilantes. El paseo, dando la vuelta al campanario, llevaba entre cuarenta minutos y una hora. Ariadna avanzó con lentitud. Tomó tiempo para buscar con la mirada al hombre que pudiera ser Petrovich. De vez en cuando volvía la mirada para ver si no llegaba a formarse detrás de ella. Nada. Uno de los soldados se le acercó amenazante. Ella bajó la cabeza fingiendo leer el cuadernillo de racionamiento. El esbirro la observó de pies a cabeza, luego se adelantó a amedrentar, con la misma parsimonia, a otros. Durante más de veinte minutos, Ariadna no encontró a alguien que se acercara a los rasgos físicos de Petrovich. Su sorpresa fue mayúscula al descubrir que, justo en el punto de entrega, uno de los diez ancianos que despachaban cada libra era precisamente Petrovich. Se encontraba sentado en el último sitio de la tercera mesa. Los militares se acercaban de vez en cuando, la vigilancia permanente correspondía sólo a uno de ellos parado en medio. Había modo, por tanto, de balbucear el mensaje y esperar una respuesta. A medida que se aproximaba, notó que el anciano era rubio, de ojos muy azules, con la piel casi albina que dejaba de serlo sólo por una cantidad incontable de lunares en el rostro. Pecas de vejez o cicatrices no bien resueltas. Su tipo era más bien teutón. Quizá mayor de setenta años. Cuando le tocó el turno, Ariadna tuvo que hacer esfuerzos para que le saliera la voz y poder disimular el fastidio generalizado por la espera. Tomó el paquete, y dijo:

—El pan está cada vez más blando.

El viejo, como si no hubiera escuchado ni una sílaba, impasible, respondió:

—Jardines de Alejandro. Mañana. Hora del té.

Salió de la fila llevándose el pan al pecho, como si se tratara de un recién nacido y ella una madre orgullosa, aunque no le quedara claro a qué horario se refería Petrovich. Así que le preguntó a Olga sobre qué era esa costumbre de tomar el té. Su amiga sonrió:

—Acá los únicos horarios que tenemos son los del Partido. Si te descubren manteniendo esas costumbres aristocráticas, vas presa de inmediato.

—Entiendo, pero ¿recuerdas en tiempos del zar a qué hora se tomaba el té? —insistió Ariadna.

—¿De qué te servirá eso?

—No sé, se me ocurrió.

—Mejor tener otras ocurrencias, pero según la abuela, la costumbre inglesa de beber té a las cinco de la tarde imperó en la corte desde que los Romanov se instalaron en el Palacio de Invierno. Vaya, creo que hasta en las novelas se habla de eso. En esas otras historias que se podían leer sin que nadie las prohibiera, no como ahora... Ay, si tu madre estuviera con nosotras... —respondió Olga, arrepentida de la última frase.

—Gracias, no hay de qué lamentarse. Sabemos muy bien qué opinaría ella. Seguramente nos convencería de servirnos tazas de té, de disfrutarlas maldiciendo al régimen.

La búsqueda de trabajo era, por ese tiempo, el pretexto ideal para salir de casa. Hacía mucho que Ariadna no paseaba por los jardines adyacentes al Kremlin. El lugar era uno de los favoritos de Marina, quien antes del exilio solía frecuentar los cafés de los alrededores. Se reunía con artistas para discutir novedades literarias, beber vodka o fumar hasta entrada la noche. La mayoría de las veces era la única mujer en esos círculos. Hambrienta de conversaciones, la poeta a la que ningún diálogo en torno al arte o a la poesía lograban saciar, decidió, además de asistir a esas tertulias improvisadas, comenzar a escribir a los bardos que no podía encontrar en Moscú. Descubrió muy joven que el género epistolar se le daba, que su expresión era desnuda e intensa en el papel a falta del otro. Disfrutaba de esa ausencia abolida por la música de las palabras. Eso estaba pensando la traductora acercándose al centro del jardín donde convergían las rosas y los follajes, cuando el viejo apareció algo apurado.

—¿Trae la mercancía? —su semblante era agrio.

—¿Perdón? No sabía que…

—Me ha hecho perder mi tiempo. Olvídese de todo, me voy —respondió el viejo y escupió sobre una rosa blanca.

—Espere, espere. Tengo estampillas de Alemania, Suiza, Francia y otros países más.

Petrovich regreso sobre sus pasos, esta vez francamente interesado:

—¿Dijo Alemania?

—Sí, con Hitler en ellas. Sólo de esa serie son diecisiete las que cuento.

—¡Shhhh, no hable tan alto! Venga, caminemos como si estuviéramos dando un paseo.

Mientras se desplazaban, el extraño seguía lacónico, pero alcanzó a explicar que conocía gente interesada en lo que ella tenía. Sin embargo, tratándose del producto debían ser más cuidadosos y por eso su comisión se incrementaba. Al escuchar la cantidad que le quedaría, una vez pagado Petrovich, Ariadna alzó las cejas: nunca había tenido en sus manos más de cien rublos. Tal ganancia sería suficiente para sobrevivir unos meses, o bien, para buscar la forma de escapar del poder supremo soviético. El anciano le advirtió que no sería fácil escurrirse de las garras del oso.

—Yo sé por qué se lo digo, apenas estamos viendo el comienzo, sólo el comienzo.

Sin más tiempo que perder, quedaron en verse en dos días.

—Por favor, no intente engañarme —advirtió entre dientes Petrovich, agarrándola del brazo por un instante que, para Ariadna, significó una crispación que la devolvió momentáneamente al gulag—. Trabajo con personas poco sensibles a la desgracia ajena… si entiende a lo que me refiero.

Ariadna, aún crispada, perdió de vista al viejo. De regreso, en casa, ocupó su tiempo en la frágil ceremonia que implicaba despegar cada timbre, cuidadosamente, remojando en agua los sobres y secando cada uno como si trataran de delicadas mariposas, guardó todos en una carpeta. Trataba de no echar las campanas al vuelo, porque después de todo, no sabía si confiar totalmente en el anciano. Pero no tenía más opción que ésa e hizo la negociación en tiempo y forma. Se vieron en otro parque, a las afueras del Tsarítsino. Mientras se dirigía a buscar al hombre de los timbres, se detuvo a mirar con detenimiento la estampa de esa otra vida que no tendría: un matrimonio relativamente joven con dos niños jugando a esconderse en los arbustos del parque. En tanto, los esposos se miraban con dulzura y despreocupación para besarse despacio, con toda la lentitud que eterniza el instante, con esa gravedad ligera con la que el cariño sella la memoria. "Una familia feliz", pensó cuando la imagen de Petrovich, a la vez cansada y vigorosa, interrumpió la visión de esa Unión Soviética habituada y conforme con su realidad política.

Ariadna actuó con celeridad, sin siquiera respirar. Fue una maniobra limpia, rápida. Intercambiaron sobres en un segundo para después partir cada uno por su lado. El viejo Petrovich se alejó del punto de encuentro a paso veloz, más apurado que Ariadna, quien lo maldijo al abrir el sobre en su habitación y descubrir, enfurecida, que dentro había menos de la mitad acordada.

17
Identidad febril

Debió pasar una semana para que se atreviera a contar lo sucedido. El fraude de Petrovich la sumió en la tristeza característica de los duelos irresueltos, pero salía adelante evadiéndose. Los pocos rublos que recibió por las estampillas le sirvieron para comprar, también clandestinamente, una máquina de escribir. Cuando volvió a casa con ella, no tuvo más remedio que relatarle a Olga el mal negocio que hizo con los timbres. La amiga guardó silencio porque quería escuchar con atención. Luego se levantó de la cocina, donde conversaba, y volvió con un paquete de cartas amarrado con dos listones rojos.

—Me lo dejaron cuando se supo la noticia —explicó—. Creo que es un buen momento para hablar de lo que sé hasta ahora.

Y enseguida detalló la entrada de los antiguos bolcheviques en su domicilio, como si estuviera viéndolos. Casi habían derribado la puerta. Una vez dentro, informaron que el cuerpo de Marina aún colgaba en Yelabuga, que se había ahocado con las correas con las que amarraba el equipaje. La trasladaron hasta ese sitio luego de purgar un largo y doloroso arresto domiciliario en una de las casas para escritores e intelectuales donde el Partido confinaba a la gente "peligrosa".

Ariadna escuchó atenta, de vez en cuando se limpiaba una lágrima. Mantenía el gesto resignado sin quitar la vista de los sobres que Olga mantenía bien sujetos, así que preguntó:

—¿Qué dicen esas cartas?, ¿me las vas a dar?

—No son de Marina, algunas son de Bely, otras de Boris, pero hay unas cuantas de un tal Yuri Ivask, también amigo de tu madre. Léelas.

—¿Ivask?

—Yuri Pavlovich Ivask, un muchacho ucraniano, muy apuesto. Alguna vez coincidimos, no lo recuerdo bien. Tal vez tú…

Ariadna enarcó las cejas, negando con la cabeza.

—En ellas se conduele de lo ocurrido a tu madre, pero me recuerda la importancia de salvar su obra.

—No me queda claro.

—Da igual, lo importante es que Ivask asegura que Marina depositó una cartera con varias obras, terminadas o inconclusas, en la Universidad de Basilea, ¿qué sabes al respecto?

Ariadna repasó en la memoria el nombre del supuesto amigo de Marina. Su madre amaba escribir y sostuvo correspondencia con muchos de sus contemporáneos; el nombre de Yuri Pavlovich Ivask le resultaba desconocido. A pesar de ello, un dato anidó en su cabeza.

—No estoy segura de conocer al señor Ivask... Pero mi madre comentó que al menos parte de su obra estaría a salvo y que me tocaría a mí velar por sus escritos.

—Decía que eras su hada, ¿recuerdas?

Se hizo un silencio largo, sin oquedades. Olga, igual que Evgenia, había sembrado una idea en Ariadna, la de ir tras de los rastros, de las supuestas migajas de papel y tinta que, en algún lugar de Europa, esperaban el momento de ser publicadas. También había suministrado la dosis exacta de información para que su huésped se preguntara por las condiciones de Marina antes de que ésta renunciara a vivir. Como un mensajero que, una vez cumplida su misión, se retira de la arena, Olga salió de la cocina. Ariadna, en efecto, permaneció callada, pensando en qué hacer, si debía o no aventurarse a Suiza, confiar en la palabra de un desconocido que prometía restituirle el legado de su madre.

A la mañana siguiente, Orgest amaneció enfermó. Ardía en fiebre y una erupción en la piel lo hizo empeorar. Por más remedios que se le aplicaron, no mejoró. A eso de las cuatro de la tarde lo llevaron al hospital. Olga y Ariadna, alarmadas, descubrieron que el suyo no era el único enfermo, al parecer había una epidemia de fiebre escarlata. Las enfermeras no se daban abasto. La fila de padres y niños era un lazo grueso e inestable que rodeaba el edificio. Sin más opción que esperar, las dos mujeres se turnaron para cuidar a Orgest. Se había estirado tanto en los últimos meses que estaba a pocos centímetros de abandonar la infancia. Quizá entraría en la pubertad pronto. La precocidad era un rasgo típico en él, hacía preguntas como "¿por qué comemos lo mismo?", "¿siempre estaremos así?", etcétera.

La hilera de enfermos comenzó a avanzar una hora más tarde. Se impuso un orden militar en las salas de urgencia, de tal suerte que si los pacientes llegaban sin esperanza, los canalizaban de inmediato a un sitio donde esperar las decenas de decesos. Los que podían soportar inyecciones y curaciones eran colocados en un salón amplio, pero desolador. Sólo se le permitía la entrada a una de las dos mujeres que llevan al nieto de Olga. Ariadna se quedó aguardando a que ésta necesitara descansar para hacer el relevo; sin embargo, ella aguantaba estoica las bruscas revisiones de las enfermeras sudorosas e irritadas. Fue entonces cuando Ariadna se frotó los ojos cinco veces, pues reconoció a una de las doctoras que se movían rápido entre los largos pasillos formadas por las camas pequeñas de los pacientes. La mujer llevaba el cabello lacio y a manera de collar, un estetoscopio. No había duda, esos eran los ojos hundidos de 1678 mirándola fijamente. Ariadna intentó acercarse, dudaba entre abrazarla o salir corriendo despavorida. Miedo y sorpresa sin poder determinar qué emoción se imponía. Su excompañera de gulag se llevó el índice a la boca, sólo pronunció una palabra: "Después".

La tarde transcurrió sin más complicaciones para el infante que se recuperaba lentamente. Olga, al notar que la fiebre disminuía, sintió el alivio de las madres, ese cielo abierto cuando la tormenta ha sido mortal. No había tomado alimento alguno, ni sólido ni líquido, así que Ariadna la procuraba sin perder de vista a 1678. La observaba dictar órdenes con suficiencia desconocida y la recordó en el campo de trabajo dando consuelo a las otras cuando moría una compañera entrañable. Nunca sospechó que tuviera grandes conocimientos de medicina, pero mirándolo bien, muchas veces la ayudó con una diarrea pertinaz o una jaqueca insoportable. Le recomendaba beber agua con sal, o bien, masajeaba su frente hasta que el dolor cesaba. En cierta ocasión, una de las compañeras más maduras se luxó el pie derecho. De inmediato, 1678 le colocó una tabla del taller y la vendó con los trozos de una camisa vieja. Eso era todo lo que Ariadna recordaba para que fuera plausible aquel escenario: una antigua amiga en la desgracia rodeada de más desgracia que ayudaba a erradicar. Las preguntas, claro, se volvían infinitas: ¿cómo llegó a convertirse en esa doctora que lideraba las soluciones de una epidemia?, ¿qué hacía trabajando para un gobierno que detestó siempre a punta de sus irrevocables ideas?, ¿en qué momento renunció a todo lo sufrido en medio de la explotación de un campo de exterminio disfrazado como centro de reeducación?

La historia de 1678 no era un cuento de hadas, al contrario. Ella, como muchas otras, intentó el escape y fue capturada como un animal salvaje en la jaula más aberrante de todo el zoológico, ¿qué había ocurrido, en menos de un año, que se había transformado en una heroína para los padres de aquellos niños febriles? Exhausta de pensar, de preocuparse, Ariadna dejó por un momento a Olga. Orgest llevaba estable varios minutos, así que era el momento de ir al sanitario y estirar las piernas. La joven caminó buscando los baños. Se sentía perdida en ese hospital que de pronto le pareció laberíntico. Cuando encontró la salida, recordó que 1678 le debía una charla, pero no estaba segura de que pudieran hablar con la cantidad de trabajo de la doctora. Al salir del cuartito con un excusado angosto, una enfermera muy joven la esperaba frente al espejo. Morena, de tipo armenio, con los labios pronunciados y el cabello anudado con una cinta roja. La cofia le quedaba algo grande. Sin más, se refirió a Ariadna mirando el reflejo de las dos en la luna rectangular de azogue:

—La doctora Ekaterina la espera en el jardín junto al pabellón dentro de una hora. Sea puntual, ella sólo dispone de pocos minutos de descanso. Ya vio cuántos pacientes tenemos.

Acto seguido, la muchacha desapareció con la misma parsimonia con la que hablaba. Ariadna, sin entender por qué, descubrió que la mujer al otro lado del espejo sonreía.

Era un *parterre* descuidado, sin flores ni verdor. La tierra, polvosa y amarillenta, se quedaba en los zapatos como un mal sabor de boca en ese hospital donde la alegría era una *rara avis*. La traductora llegó antes. Encendió un cigarrillo, el único del día, puesto que debía suministrarlos. Con los cupones de racionamiento apenas sí le alcanzó para la cajetilla más barata. 1678, o mejor dicho, la doctora Ekaterina, llevaba un retraso considerable si el tiempo se mide en humo, colillas que se apagan solas al caer en el suelo y nubes que también oscurecen. Cuando apareció, los ojos se le empañaron, pero disimuló lo suficiente mirando cada tanto hacia la entrada.

—Lo primero que tienes que saber es que es largo de contar y no puedo hacerlo aquí —explicó mientras llevaba a Ariadna al centro del jardín, donde una fuente seca hacía las veces de adorno, cuando llovía, por supuesto.

—Entenderás que no comprendo nada —respondió Ariadna, bajando la voz.

—Lo sé. ¿Vives con tu amiga, la mujer que cuida de tu hijo en estos momentos?

Ariadna sintió un vacío cuando tuvo que explicar que no, que Orgest era el nieto de Olga.

—Ahora ellos son mi familia —y en cuanto reconoció esta verdad, se le quebraron las palabras.

—Déjate de dramas, mujer, se va a recuperar el chico, le administré la mejor de las medicinas en sus venas, las vacunas que sólo damos a unos cuantos, con autorización. No te preocupes.

—Te lo agradezco inmensamente, pero no me gustaría meterte en problemas. O que los tengamos. Las cosas en Moscú son ahora…

—Descuida, si alguien sabe cómo son "las cosas en Moscú", soy yo —interrumpió 1678 mirando otra vez hacia la puerta.

—Es que es demasiado, tú, con tus ideas, tú, ¿aquí? No sabía que fueras —señaló la bata blanca—. Perdona que no lo pueda creer.

—Algún día te lo voy a explicar con calma. Ahora tengo que irme. No duraré mucho en este hospital. Si necesitas algo, lo que sea, búscame, no tardes. Permaneceré aquí sólo dos semanas. A los médicos nos están rotando por todo el país. Fue una suerte que me mantuvieran cerca. Pensé en buscarte, pero supuse que estarías bien. Me voy. Recuerda, lo que necesites —insistió la doctora rápido, con el mismo paso firme de los días en el gulag.

Dieron de alta a Orgest por la noche. Iba recuperado; el color le había vuelto al rostro y dijo tener hambre. Al volver los tres a casa, Olga mencionó que aquella era una ocasión especial, así que abrió un tarro de mermelada que tenía guardado desde hacía mucho. La poca mantequilla que quedaba también acompañó ese pan que cenaron tranquilos y sonrientes. Sólo Ariadna se fue a la cama pensando en 1678 y cómo podría serle útil. Pero antes debía conocer a fondo su historia, despejar interrogantes antes que volver a exponerse.

18
Retratos de familia

Julio, 1933

Lo adopté desde niña, era más que un amigo imaginario, una especie de mascota, de fantasma. Lo adoré porque su complicidad me daba fuerzas para terminar la lectura de libros pesados, serios, invulnerables; libros de adultos que devoré sin culpa gracias a ese demonio bendito. Tenía la piel color gris oscuro, casi azul, con un delicado pelambre por el que pasaba una mano. Con la otra sostenía, por supuesto, alguna enciclopedia.

Prohibido y suave, así era el diablo para mí. Sí, llevaba cuernos cortos, pero no daban temor. Sólo yo podría verlo, sentirlo, quererlo como se cuida a un gato, a un perro. Nunca intentó hacerme daño, no demandaba atención, no pedía ningún sacrificio, no me sometía a pruebas macabras. Se conformaba con recostarse a mi lado, sonreír con su dentadura picuda y solicitar que le leyera un cuento.

Muchos años más tarde, algunos críticos lo convirtieron en metáfora. Se fue porque cedí al enamoramiento de un vecino. A veces lo sueño, me posee con dulzura; en otras ocasiones aparece al centro de mi insomnio. Pero no se acerca, sonríe, dice adiós con una de sus garras verdes. Parece feliz en esas apariciones, como si estuviera orgulloso de lo que hice con mi vida.

Agosto, 1934

Si la complicidad fuera un hombre, sería Bely. Gracias a su compañía y su enorme cultura de novelista, de crítico, de poeta, he logrado soportar eternos periodos de incertidumbre. En algún momento fue mi tabla salvadora, lo único que tenía cuando Serguéi no estaba. Bely era mi amigo no por ser simbolista, sino porque éramos bastante iguales: libres, rebeldes, enojados con nuestra época y, sobre todo, intensamente soñadores.

Bely es el nombre de un color, es blanco, es de nieve y cielo limpio; en contraste, yo me apellidaría negro, como el lodo, el carbón o los caballos más veloces.

Bely no corría, iba despacio, al ritmo de la genialidad, del agua que corre en San Petersburgo. Era un ser dedicado a la literatura, fue el narrador más original del que tengamos noticia. Su asistencia a las tertulias siempre fue determinante. Había un hueco cuando Bely no llegaba.

Hace poco supe de su muerte. No dormí durante tres días. Pero recordé que se llamaba a sí mismo argonauta y respiré tranquila. Por fin encontró el vellocino.

[s.f.], 1935

Casi diez años después de nuestras cartas, de nuestras citas con el sueño, me vi con Pasternak. Era el mismo muchacho que imaginé febril, pero lúcido, escribiéndonos a Rilke y a mí. El encuentro se dio en el Congreso de Escritores para Defensa de la Cultura. No hicimos más que abrazarnos varias veces mientras recordábamos las frases de nuestra correspondencia en el verano de 1926. Rilke, lógicamente, fue el centro más vivo de nuestra conversación. Boris había ganado peso, no mucho, y la madurez a la que estaba por entrar también le sembró canas. Los ojos seguían siendo los mismos, los del cómplice, los del genio. Me habló de novelas, de historias que no lo dejaban dormir. En casi toda esa vigilia nevaba. Un invierno sin final se extendía en lo que estaba escribiendo. Sin embargo, preguntó por mis últimos libros. Le leí partes completas de mi ensayo sobre su obra. Entre las charlas del congreso y otras amistades que nos seguían, Boris y yo buscamos dónde beber un cargado té negro. Supe entonces que nuestro vínculo renacía, que aquella correspondencia no había sido en vano, que él iba a ser siempre una de esas almas gemelas que nos acompañan hasta el final. Cuando le conté de mi difícil situación, de cómo tuve que sortear tanta miseria, Boris casi llora, pero se mantuvo distante, sólo me tomó las manos y me dijo que ningún poeta, en ninguna dimensión, tendría que haber pasado por todo aquello. También anotó varias direcciones a donde podría escribirle. Repitió que me ayudaría en todo, que no dudara en solicitarle cualquier cosa, que lamentaba todos esos largos y fríos años sin vernos.

Quisiera aceptar su ayuda, pero no puedo dejar de pensar en Serguéi. Quizá no deba tener consideraciones de esta naturaleza, dadas las circunstancias.

Enero, 1936

Existen. Una de ellas era la mujer de Bely. Comen papel para que los bolcheviques no lo encuentren, para que no puedan acusarlas.

Papel con letras de sus esposos en prisión o en el exilio. Por eso preparan un plato de papel, una ensalada con aceite de amapola. Lo mastican, he ahí su labor diurna. Por la noche, ya dentro de la cama, repiten sin cesar lo digerido: unos versos, un buen trozo de novela, un cuento, una disertación. Así esconden, memorizando, toda la obra de una vida.

Mayo, 1936

Cuando tenía diecisiete años había dos hombres peleando por mi atención. Escribían cartas gentiles, perfumadas como los bosques de Komi. Yo volvía de mis cursos sobre literatura francesa en La Sorbona. Me acababa de cortar el cabello y empecé a fumar para burlar el hambre en Francia. Aquel par de enamorados que veían en mí el peligro y el placer con apenas uno sesenta y tres de estatura, eran Bely y Vladimir Nilender. El primero aún no soñaba con escribir la obra que lo consagraría, *Petersburgo*; el segundo tampoco se había forjado el porvenir, pero era guapo, indómito. Leían con fervor todo lo que llegara a sus manos. El vehículo para acercarse a mí fue, inevitablemente, la lectura de poetas extranjeros. Bely era un as en todo lo referido a las vanguardias, a la experimentación, a la descomposición de las oraciones. Nilender era, eso sí, más conservador en cuanto a la escritura se refería. Los amé por igual. Eran dos maestros extraordinarios que poseyeron, hay que decirlo, a la joven Marina recién desempacada de París con todo lo que ella había leído, sentido, pensado. De esos fugaces intercambios quedó el vínculo con Bely a quien querré, aun muerto, de todas las maneras posibles.

Septiembre, 1936

Pensando en otra cosa, distinta o sola,
como en un tesoro, no encontrado,
paso a paso, amapola a amapola –
todo el jardín he decapitado.

Así, en la aridez del verano,
en la linde de un campo, un día
la muerte de su distraída mano
desprenderá una cabeza – la mía.

Septiembre, 1936

La muerte de mi padre me obligó a despertar. Entendí que no podía permanecer en el recuerdo de la infancia. Si por mí fuera, me quedaría en ese territorio. Ser niños es ser eternos, pero mi padre murió señalando la fragilidad de aquellas ilusiones. No nos dejó gran cosa a sus hijas. Anastasia, aún sensible por el fallecimiento, dijo que no era posible que ese hombre muriera en la mayor de las miserias. Repitió —ese hombre— y sonó lejano. Ni siquiera eso me importaba, averiguar cuántos bienes, cuántos rublos. Lo definitivo, en mi caso, fue entender que no somos inmortales, que nos olvidarán de todos modos. En un segundo, cualquiera, nos pueden cortar el hilo de las Moiras. Así que no reclamé nada, no pregunté si había una herencia. No quise apoderarme ni de un libro ni de una pluma. Mi padre tenía muy pocas cosas, las necesarias. Guardo de él la pasión por el trabajo, la ausencia de todo afán arribista, la sencillez, el aislamiento.

Marzo, 1937

Alemania fue todo Rilke para mí. No le escribo al gran poeta en francés ni en ruso. Sería fácil. Las cartas que le mando están en alemán. ¿La razón? Es mi lengua preferida y fue el idioma de mi madre.

Llegué a Alemania por primera vez en la pubertad, cuando tenía doce años. El invierno en Friburgo, aunque cruel, nos parecía a Anastasia y a mí un cuento materializado. Las canciones de cuna que nos dedicaban y las historias de la Selva Negra nos envolvieron de verdad en ese viaje. Éramos dos hermanas extranjeras, dos jovencitas a las que se les estaba abriendo la otra Europa.

La tuberculosis de nuestra madre no nos restaba mundo. De algún modo siempre supe que su muerte sería el gran premio, la última ofrenda. No fue feliz. Abandonó el piano para dedicarse a dos hijas que le repetían la vergüenza de no haber procreado un varón. Encima, me rebelé ante la música y sus instrumentos. No quise tocar más que las palabras. Por si todo eso fuera poco, mi papá nunca logró olvidar a otra mujer. Fue un hombre sensible enamorado de la imposibilidad, de alguien que sólo existía en el recuerdo. ¿Seré como mi padre?, ¿heredé su vocación por el dolor?

19
Revolución

Seis días más tarde aún no se animaba a volver al hospital para tramar una cita con 1678. No se acostumbraba a decirle Evgenia o Ekaterina, luego de más de cinco años presas, conviviendo día a día, sobreviviendo con lo único que mantuvieron intacto: la voluntad. "Tal vez mañana la busque", se repetía Ariadna. Para entonces ya había conseguido unos cuantos trabajos: cartas que se requerían en francés o en alemán. Sin saber cómo, se corrió la voz de que la amiga de Olga sabía algunas lenguas y el poco trabajo llegaba solo. Incluso una clienta le propuso que le diera clases secretas a su hija, pero Ariadna no aceptó porque era peligroso tener personas entrando y saliendo de aquel domicilio. Podría tratarse de espías de los censores urdiendo una trampa para devolverla a la hostilidad del campo. Los días pasaban y no había hecho aquella visita al hospital. Estaba pronto el plazo que 1678 le dio: dos semanas. Pero el miedo y el estado de tensión que provocaba la salida, no era fácil de vencer. El episodio de las estampillas era reciente y prefería no hacer más olas en esos mares de intriga soviéticos.

Serían las tres de la mañana cuando golpearon la puerta. Años de gulag habían vuelto frágil, más que un ala de libélula, el sueño de Ariadna. Al asomarse por el ventanal, vio la figura de una mujer entre las sombras. Llevaba un largo abrigo negro y la cabeza cubierta con una chalina oscura. Una vez que 1678 estuvo dentro, se abrazaron largo rato. Ariadna sirvió té y notó que una jarra no era suficiente para calentar el cuerpo de su amiga. La historia no dio inicio hasta que se cercioró de que no pudieran escucharla, por lo que solicitó un lápiz que atoró en los orificios del teléfono, para evitar así cualquier grabación. También se sentaron al centro de la angosta cocina y hablaron en voz baja. Lo que tenía que decir Evgenia se remontaba a aquel pueblo donde una comadrona la salvó de morir en el parto de un hijo que ya había expirado en el vientre. El dolor de la pérdida y la necesidad de huir mermaron las fuerzas de la entonces anarquista, que recibió alojamiento con la condición de ayudar a la anciana en consultas de cualquier tipo. Evgenia descubrió que la persona a quien le debía la vida curaba desde un simple resfriado hasta reumatismos crónicos o enfermedades que nadie podía diagnosticar. Olya, así se llamaba, era hija de un médico expulsado de la primera academia de medicina por negarse a hacer sangrías innecesarias, un hombre sensato y curioso que estudiaba sin descanso nuevos tratamientos. Sabía, por experiencia y por leer los adelantos de Luis Pasteur, Robert Koch y Joseph Lister, que las infecciones eran procesos microbacterianos, no castigos ni venganzas de la mala sangre. Condenado a ejercer sin ecos ni discípulos, volvió a su aldea natal donde se casó y tuvo a Olya, a quien heredó la pasión por la medicina. Le enseñó todo lo que sabía. Murió tranquilo, con la certeza de haberle trasmitido sus conocimientos a una persona que los pondría en práctica aun cuando descubrió la hostilidad en el útero de su hija y, con ello, la imposibilidad de que se extendiera por décadas una estirpe de buenos médicos incomprendidos. No obstante, Olya notó el talento de Evgenia a la hora de suturar la herida profunda de un leñador, y como si ella fuera su padre, entrenó a la anarquista en remedios y diagnósticos. Pero el destino le tenía deparado otro horizonte a la alumna aventajada, a veces en contra de sus sueños de dignidad y justicia. Así que huyó de la tutela de Olya con el objetivo fijo, la obsesión, mejor dicho, de impulsar la otra revolución necesaria, la única, la de la libertad sin banderas ni reglamentos. La doctora silvestre la miró partir desconsolada, perdía la única posibilidad de trascendencia, pues se había palpado en el pecho izquierdo una dura protuberancia y en pocos meses no podría seguir curando a los aldeanos, gente sencilla entre la que no encontró, tal vez porque tampoco buscó, a otro estudiante.

La detención de Evgenia, su traslado en un barco ominoso, su llegada al gulag donde conoció a Ariadna, le enturbiaron el carácter al punto de mirar el mundo con la frialdad típica de los que han vivido y aprendido más de lo deseado. Protectora de las reclusas en quienes notaba alguna luz que ellas mismas no podían reconocer, soportó casi diez años las condiciones infrahumanas del campo donde la simple idea de estar siendo "reeducada", le provocaba aversión. Consciente de que ahí dentro podría salvar muchas vidas, si contara con la ayuda y los instrumentos necesarios, renunció a la urgencia de hacerlo cuando descubría signos de enfermedad irreversible. Se equivocaba pocas veces. Cada vez que llegaba una nueva prisionera, sólo con observar la condición de la piel, el peso, el apetito, el modo de manejar el encierro, sabía que esa persona no iba a sobrevivir un año al gulag y pensaba en Darwin, en la teoría de la selección natural, en la ley de los organismos más fuertes. Dicha fortaleza se daba por dentro o por fuera. En Ariadna descubrió un espíritu sustentado en la creación de un mundo interno, personalísimo, que le permitía ensoñaciones cuando pintaba la madera dura de los juguetes. Como ella, esa joven mujer no iba a morir de hambre, infecciones o angustia, era dueña de una alma inquebrantable que le otorgaba un motivo, o varios, para soportar la ignominia de su condición. Esa cualidad era una herencia, sin duda, proveniente de un pasado lleno de conceptos, viajes, aventuras, libros; de problemas que se vieron solventados por el azar o las propias argucias. Vida, vamos, que no se arruinó a pesar de los acontecimientos. Cuando la traductora le confesó que su madre era poeta, entendió todo. Para empezar, que Ariadna sería liberada tarde o temprano. Y así fue. La anarquista, sin su compinche, se cuestionó profundamente. El paisaje había ido cambiando con rapidez sospechosa. La victoria de la Unión Soviética imponía un nuevo juego en el orden mundial, y otra vez los más hábiles o los más fuertes podrían hacer suyo ese río de sangre revuelto.

Así, Evgenia se las ingenió para que el director del campo se enterara de sus dotes de curandera. No esperó mucho. Oleg, el guardia misógino, entonces ya manco, resbaló con el hielo pegado en una escalera y cayó inconsciente sobre un madero puntiagudo que por poco le atraviesa la espalda. Ya era de tarde. El servicio médico tardaría. La estatura del muchacho no hacía fácil el traslado. 1678 actuó de inmediato ante los ojos sorprendidos de los custodios, lo que le permitió pasar y atajó a los demás custodios que intentaron impedir los oficios de la reclusa. Oleg se recuperó, pero incapaz de mostrar agradecimiento alguno, fue Svetlana la que dio aviso al director, quien solicitó ver a la doctora empírica. Conversaron, eran de la misma edad. Luka era el nombre de ese militar que simpatizó de inmediato con Evgenia. La segunda vez que ésta fue requerida en ese cuarto con reloj y sillones confortables, pensó que iba a ser liberada, pero la propuesta de Luka era más peligrosa. No le preguntó si estaba de acuerdo, sólo le notificó que en "virtud a sus conocimientos" —había averiguado que también hablaba tártaro y ucraniano—, había tenido el honor de ser seleccionada para servir al pueblo soviético realizando tareas destinadas a muy pocos. Si se negaba, la ejecutarían ahí mismo. Ella preguntó qué era lo que tendría que hacer; recibió por respuesta una bofetada y después un beso forzado cuya lengua le lastimó el paladar. Salió del campo en dos horas.

El viaje no fue terrible como pensaba. Los vagones eran de segunda clase, cómodos hasta cierto punto. En Moscú, la llevaron a un edificio amarillo que aún no terminaba de construirse. Devoró el pan, las papas y los arenques que le sirvió una dama gentil. La condujeron luego a un salón donde había otras diez mujeres de distintas edades. Esperó dos horas hasta que aparecieron tres oficiales de la policía secreta, cuya amabilidad incomodó a la anarquista. Los discursos fueron largos, llenos de propaganda, de arengas, de halagos hacia las personas que ahí se encontraban. Esa forma de cooptación surtió efecto inmediato en las más jóvenes, que se sentían especiales, dichosas de formar parte de una élite, y que incluso comenzaron a coquetear descaradamente con los militares. Evgenia miraba la escena con rencor, preguntándose si había hecho bien en salvar al guardia más cruel del gulag. Por la noche ya estaba al tanto de sus deberes: trabajar en el hospital que le asignaran e informar de cualquier acto, dicho o actitud sospechosa que indicara traición entre los compañeros de trabajo de cualquier sitio al que fuera trasladada. Debía rendir un informe de absolutamente todo lo que observara, aunque se repitieran los hechos una y otra vez, cada tercer día. Le dieron a cambio un cuarto minúsculo en un departamento que compartía con tres informantes más. El control ejercido por la herencia del gobierno de Stalin era invencible, sin fisuras. La compañera con la que Evgenia hizo amistad era Anja, una pelirroja cuyo trabajo consistía en ser una de las secretarias del Ministerio de Relaciones Exteriores, donde se decidía quién podía salir del país, mediante un carné a guisa de pasaporte temporal. Corrían rumores de que era amante del Ministro.

Ariadna interrumpió la historia, exaltada.

—¿Quieres decir que ella podría ayudarme a salir de la Unión?

—Podría, en efecto, aunque es peligroso. Tendría que conseguirte una nueva identidad.

—¿Qué?

—Querida, de seguro tu nombre aparece en todas las listas negras. Los de tus padres, sin duda. Anja te buscó en los expedientes de los perseguidos políticos que otra amiga en común lleva en el Comité de Seguridad del Estado. Había todo un informe respecto a ti y tu familia. Por cierto, debo hacerte algunas preguntas.

—Las que quieras. Como te conté cientos de veces en el campo, no tuve nada qué ver en relación con lo que mi padre haya hecho o no.

—Las acusaciones son graves.

—Lo sé. Me arrebataron casi veinte años entre un gulag y otro. Me acusaban de ser cómplice de crímenes que no podía imaginar siquiera. Era muy joven, no supe defenderme. De haber sido verdad todo aquello, no podía entender de ningún modo lo que pasaba. Por más que lo repetí cientos de veces en los interrogatorios, no me quisieron creer. Era monstruoso, se negaban a admitirlo. Por simple lógica matemática en las fechas, no pude estar involucrada en nada de *eso*.

—Sabes que puedes confiar en mí, ¿verdad?

La traductora dudó. Evgenia no tendría por qué hacer esa pregunta… ¿o sí? Para disimular que necesitaba más segundos esa respuesta, Ariadna se levantó a calentar agua en la vieja olla de té. Entendió de inmediato el escalofrío que la puso alerta. ¿Y si su amiga se había pasado del lado contrario?, ¿y si esa conversación no era más que una maniobra para mandarla a un tercer encierro? Ella había sufrido decepciones mayúsculas, la delación de Samuil, por ejemplo. Así que el nerviosismo aceleró su pulso. Sintió el comienzo de una arritmia que, con respiraciones discretas, pero profundas, logró controlar. Lo cierto es que no se podía confiar en nadie. O no se debía, por puro instinto de supervivencia. Sin embargo, se la jugó en nombre de cada hora sufrida junto a esa mujer a la que nunca vio adoctrinada. Además, si el sistema que la había perseguido durante diecisiete años la quisiera muerta, ya lo estaría. Como pudo, fabricó una sonrisa de ángel y calculó su respuesta:

—1678, de entre todas las personas a quienes he conocido, quizás tú seas la única a la que deba confiarme.

—Me alegra escucharlo. Mira, resulta que "eso", como le dices, no era sólo una acusación de espionaje. Digo, una cosa es colaborar para los franceses y sus organismos de inteligencia, pero otra…

—Asesinar al hijo de Trotsky —completó Ariadna con valentía.

—Tú lo has dicho.

Se formó un silencio como nieve que cae de pronto, sin el aviso de la niebla o el desplome de la temperatura. "Aquí es cuando saca un arma o me confiesa la verdad: ya cambió, ha dejado de ser anarquista para apoyar las causas del Estado", pensó Ariadna con un temor que su interlocutora pudo leer en esos ojos grandes.

—No hay pruebas que demuestren que mi padre participó directamente —recordó Ariadna.

—Eso dicen los documentos. Tienen el cinismo de consignarlo.

Con esa frase la anfitriona se relajó. El orden del mundo seguía siendo el mismo. Había hecho bien en fingir la sonrisa, en no arredrarse.

—Creo que no tiene caso que haga preguntas. Estoy aquí porque mañana o pasado seré trasladada a Crimea. Todavía no sé cuál será la misión. Me sigo sintiendo dentro del gulag, ¿sabes? Me habían dicho que es una sensación natural, sobre todo si fueron muchos años. Al menos alcancé a avisarte. Busca a Anja. Ella está al tanto. Te dejaré la dirección de dos sitios donde podrás encontrarla. Debes ser muy cuidadosa.

—¿Qué pasará después?

—Ella te dirá cuándo y cómo te entregaría los documentos. Una vez que los tengas, deberás salir rápido. Prepara el viaje lo antes posible. Yo no volvería, pero eso es cosa tuya. Regresar también sería riesgoso, ¿tienes dinero?

—Casi nada, he estado sobreviviendo con traducciones que llegan a cuentagotas.

—Lo supuse —agregó Evgenia, buscando algo entre las bolsas de su abrigo—. Toma, es la dirección de un viejo amigo en Berlín que te recibirá sin problemas y, por favor, acepta estos rublos —suplicó, colocando en las manos de Ariadna un rollo de billetes—. No es mucho, pero de algo servirá.

—No puedo, no debo… ya es suficiente con lo que te arriesgas por mí.

—Tómalo, no seas tontita —insistió, cariñosa—. Hoy estoy en condiciones de ayudar, no sabemos qué pueda ocurrirnos, tal vez un día tengas que salvarme de una.

La imagen pasó fugazmente por la cabeza de Ariadna, sonrió.

—¿Yo a ti? ¡Imposible! —y con gesto resignado, añadió—: No creo que volvamos a vernos, Evgenia.

—No es probable, tienes razón, pero he visto tanto que…

—Gracias, quedo en deuda —agregó Ariadna, apretando el dinero y el papel con la dirección en su mano.

—Siempre supe que eras inteligente. Tienes, además, mucho que hacer.

—¿A qué te refieres?

—No me digas que no lo has pensado. Tu madre, Ariadna, su obra que deber ser publicada, que debe ocupar el lugar que merece. Siempre pensé que sobreviviste en el gulag por eso, para darla a conocer en el mundo. Yo la leí, sé de qué hablo.

—Sí, es algo que algún día haré —asintió bajando la mirada.

—¿Algún día?, ¡ja! —replicó Evgenia—, ya no somos jóvenes. No esperes. No pospongas. Traduce la obra, búscale espacio en otro lugar, ¡muévete! Mi amigo conoce editores, te podría guiar.

Ariadna lloró despacio, avergonzada del llanto que contuvo. Luego guardó silencio observando la luz por fin encendida en los ojos de esa mujer, la única —después de su madre— que había sido lo suficientemente valiente para ir hasta allá, para sobrevivir la persecución, la muerte de sus amores, el encierro y la explotación de un Estado cruel, sanguinario, corrupto.

—Tienes razón, tengo que hacerlo.

—Hazlo por la historia que nos hemos visto forzadas a sobrevivir, por esos años en el campo, por el sentido que le falta a esta vida miserable. Me voy. No puedo seguir mucho tiempo acá, pero me quedo tranquila —confesó la anarquista con voz grave.

—¿Estarás bien?

—Estaré. Lo que mejor he hecho es imponerme como animal de una especie que se adapta a cualquier medio. Quería viajar por el mundo, ¿recuerdas? Parece que no moriré sin conocer el mar, abunda en Crimea.

Fue lo último que dijo y volvió a abrazar Ariadna con la certeza de que las revoluciones más importantes, las del corazón, se hacen en otros campos de batalla, con distintas estrategias.

20
Abrazos furtivos

Enero, 1937

La soledad es una voz y a veces dicta rápido. Poblé mi soledad con amigos que imaginé, aunque existían. Tal vez no eran esas personas idealizadas. La escritura transforma los rostros y los poetas viven dentro del capullo que se rompe. Soportamos la condena de ser nosotros por encima de la alegría de los demás. Ariadna hará su vida. El espejo que soy puede ser monstruoso. Me quedo con Mur y sus silencios impuestos. Parece que busca castigarme. La forma en que protesta es típica de un adolescente. Ayer lo sorprendí escribiendo. Pese a que deplora la poesía —al menos eso quiere hacerme creer—, sé que ha intentado algunas metáforas. A su hermana sí se las muestra y Alya me contó que Mur posee una gran intuición para el ritmo. No sería raro. La sangre contagia hasta la forma de mirar el universo.

Abril, 1937

Volver a Moscú significa acariciar recuerdos, darle de comer a un horizonte que pensé agónico; pero no, mi memoria se recupera como un enfermo que vuelve de la muerte. Todo regreso puede ser una conflagración. Tengo miedo. No soy la mujer valerosa de la que mis amigos han hablado. No me reconozco como tal —quizá soy una canción, simplemente.

[s.f.], 1937

Ariadna se ha marchado. Por más que intenté convencerla de no dejar Francia, ha regresado con su padre. Los imagino en el bosque, debajo de algún pino, leyendo cuentos alemanes, sonriendo, comiendo bien, sin dolor. Moscú es la patria definitiva, la única que Ariadna reconoce. Se convirtió en mujer lejos del idioma que más quiere. Va a su encuentro. No pude detenerla. En este punto del camino más que madre debo ser cómplice. Tengo miedo, aunque Serguéi nos jura que las cosas han cambiado. En la República Soviética el clima es el de siempre: de tormenta oscura. Ayer vi cómo se alejaba Ariadna y encontré en el cielo una estampida de relámpagos.

Agosto, 1937

Me pesan los vestidos como escombros. Me entero de la muerte de Soneshka Holliday… acaecida cuatro años atrás. Quede constancia, Sofía Evgenievna Holliday, que has sido la única mujer a la que he amado como a un hombre, o más.

La conocí hace dos décadas. Éramos niñas que se disfrazaban de nuestros sueños. Desde entonces ya éramos la actriz y la escritora.

Ella, con sus trenzas largas, oscuras, con ese modo de actuar desprovisto de toda impostación. Ella, representando el rol de sí misma. Ella, a quien aplaudí, a quien veneré como a una virgen en el Día de la Anunciación. Sonechka era mi secreto favorito. Despertar ahora y enterarme de su muerte también es morir de algún modo.

No fue ella, sin embargo, mi primer catástrofe sentimental, con tus vestidos de colores vivos y el brillo de tus tiernos labios que no cesaban de hablar de literatura francesa. También a ti, Sofía Parnok, te amé demasiado, también te has ido —las malas noticias se acompañan como verdugos— silenciada como quieren silenciarme. No escribiste el poema memorable que deseabas, los viajes a tu lado, por allá de 1915, son la prueba de que sabías escribir mejor que ninguno — sólo en el viento. Tenías el cabello oscuro y enrarecida el alma. A lado tuyo, Sofía, viví la absoluta libertad del amor, al menos al principio. Luego los celos, la posesión de una mujer sobre la otra. No estaba preparada para ello, no pude entender tu afán por monopolizar incluso mis cartas. Te dolían el pecho, la cabeza, las piernas, el estómago, si me atrevía a mandar un mensaje a otro amigo o a hablar de Serguéi, de cuánto me hacía falta. Te fuiste dando un portazo.

Han muerto mis dos Sofias, me quedaré con sus risas, el aire de Italia, sus labios encendidos, el fuego de su mirada, los abrazos furtivos.

Agosto, 1937

No es que se muera por alguien, sino por el sentimiento mismo. No me dejo llevar por la influencia del nombre, por la poesía simplemente. Hay todo un entramado de causas. Cuando amo es porque no pude resolver la encrucijada entre la exuberancia de una nueva emoción y la persona que la habita. Pero colocar el universo a los pies de un solo nombre, eso no es opción. Hay aventuras, cierto. Lo que queda como una preciosa corona de hierbas secas, doradas, son las frases que bordearon dicho ser. Lo demás es superfluo al igual que el sexo o el estatus. Prefiero asomarme al alma que la practicidad de una vida cuyos huecos son desesperantes.

Octubre, 1937

Serguéi:

Hubo un registro domiciliario. Eran cuatro policías. Destrozaron la habitación. Pisaron los juguetes de Mur. Dijeron que te involucraste en la muerte de dos personas. Una de ellas, el hijo de Trotsky. Luego me encerraron en una habitación. El interrogatorio duró horas y horas. No sabía qué responder más que poemas. Me la pasé declamándoles poesía en varios idiomas. En francés, sobre todo, para que conocieran a Rimbaud, al que seguramente no habían leído.

Responde esta carta, por favor.

—M.

21
Cabello rojo

Mujer de teatro al fin, Olga conocía actores y actrices que de vez en cuando la iban a buscar con la intención secreta de que la dramaturga presenciara uno de sus monólogos o lecturas dramatizadas. Aún era famosa en el ambiente, sobre todo después de que sus clases fueran un éxito en la Escuela del Teatro de Arte. Enseñaba a los alumnos a montar obras clásicas que habían pasado la censura decreciente. También era partidaria del método de Stanislavski, de las obras más vivas donde en el escenario los actores hablaran como en la calle y relataran historias contemporáneas. Sin proponérselo, Olga sería una de las líderes morales del Sovreménnik, el primer teatro de la Unión Soviética que apareció sin orden del gobierno, cuando el culto a la personalidad de Stalin se esfumaba como un mal sueño.

Ariadna se había enfrascado en los preparativos de su viaje y los riesgos que correría al intentar salir de la Unión. Visitó a un médico que no le dio las mejores noticias sobre su padecimiento cardiaco. Le prohibió la sal, el esfuerzo desmedido, las emociones fuertes.

—Usted me pide mucho más de lo que puedo cumplir —le respondió al galeno.

Éste, con el rostro adusto, reviró:

—Un esfuerzo mínimo para evitar complicaciones, ¿no cree?

Algo deprimida, tomó el camino de regreso a la casa de Olga. La encontró rodeada de gente joven que brindaba con vodka. Era la primera vez que asistía a uno de esas reuniones. Su anfitriona le explicó que esos muchachos habían llegado sin previo aviso, que no se pudo negar cuando le dijeron que era el cumpleaños de Lidka, la mejor de sus estudiantes, quizá la única con un futuro promisorio. La hija de la gran poeta rusa se sentó en el sillón del centro y comenzó a escuchar esas conversaciones que le recordaron a su madre cuando también pasaba tiempo con gente de bambalinas. Por ello no se sintió extraña. Le gustó sentir esa proximidad con el desparpajo, la libertad de los histriones dispuestos a todo por un papel que comunicara un mensaje importante.

Poesía y teatro, la combinación que hacía feliz a Marina, el ecosistema donde ella encontró grandes amores como grandes libertades. Si bien Ariadna no conoció a Sonechka Holliday, fue entre actores que su madre dio con la mujer que más amó. Tal vez se trató de una aventura de chicas que experimentaban, pero por los escritos que la traductora reuniría más tarde, se percataría de lo hondo de esa relación entre ambas.

El baile dio inicio. Movieron sillas y la mesa para hacer espacio. Un joven alto, de barba cerrada, que vestía un suéter rojo, jaló la mano de Ariadna. La llevó al centro de la improvisada pista sin su consentimiento. No recordaba cuántos años tenía sin bailar en una fiesta. El rocanrol sonaba en la radio. Era una novedad escucharlo. Hasta hacía dos años la música era también censurada, sobre todo las canciones en otro idioma, pero con ese ritmo no hubo mayor problema, su origen negro era defendido incluso por los socialistas más reacios. Los asistentes sudaban al ritmo de *Razzle Dazzle* de Bill Hale y sus Cometas.

—No bailas nada mal —apuntó Lidka cuando Ariadna tomó asiento luego de unos cuantos pasos de baile, pues recordó la charla matutina en el servicio médico—, deberías hacerlo más seguido.

—Lo tomaré en cuenta —contestó lacónica. No le gustó mucho la intromisión de esa actriz achispada, sonriente.

—Querida, también deberías maquillarte los ojos, los tienes inmensos, de un color tan peculiar… Y, si me lo permites, hacer algo con tu peinado. Estamos en otra época, ya no se usa tan largo, lo de hoy es llevarlo más bien corto —opinó, tocando las puntas secas de la melena para luego mirar con desaprobación infinita las canas de su nueva amiga—. Podrías teñirlo, yo uso henna, es un tinte natural de la India, ¿lo conoces? Está de moda, todas lo usan.

—Gracias, ya te dije que lo consideraré.

—Nada, mañana mismo vengo con mi estuche de trabajo. Haremos milagros, ya lo verás, quedarás irreconocible —enfatizó la última palabra y se dejó llevar por dos chicos que la reclamaban en la pista.

Ariadna descansó cuando se fue la actriz. No se acostumbraba a las dinámicas sociales. Lo suyo no era conversar de asuntos que consideraba intrascendentes. No había prestado atención a su imagen en el espejo desde que llegó a casa de Olga, quien lentamente, sin pedir nada a cambio, le abrió un ventanal a otra vida.

La muchacha cumplió. Llamó a la puerta veinticuatro horas más tarde. Llevaba un neceser del que extrajo pinzas, brochas, cepillos, tijeras; pero también pinturas, cremas, lociones. Se concentraba mirando esas herramientas. Observó largo rato a Ariadna durante el té que ésta le ofreció al inicio. Fue una ardua labor de convencimiento que no fructificó en lo que la estilista propuso: un cambio de imagen radical. Quería rebajar el cabello de la cuarentona hasta las orejas con el objetivo de "dejar ir los años".

—Me pareceré mucho a mi madre, no creo que me sienta cómoda. Sí, puedes cortar... no tanto, por favor —solicitó la expresidiaria.

—Anda, atrévete, te quedaría muy bien. En fin, te lo dejaré por encima de los hombros. Con el tinte sí déjame hacer lo que he pensado —insistió Lidka con un cepillo en la mano derecha.

Mientras se dejaba hacer, un tanto arrepentida, ya que el excesivo entusiasmo de la amiga de Olga comenzó a preocuparla, recordó que Marina nunca se había aplicado ningún tinte. Tampoco acostumbraba maquillarse. El suyo era más bien un estilo masculino de cara lavada, prendas de vestir que consiguiera a muy bajo costo, regaladas o heredadas. Nunca le importó la apariencia. Ese desprecio por la vanidad lo legó a sus hijos. Creía que la belleza provenía de otros lares. Apostaba por la seducción del espíritu y del lenguaje, al que sí le recortaba los flecos, las puntas;

palabras cuyas imágenes eran de distintos colores en las páginas.

Una vez que las tijeras dieron forma a la cabeza de Ariadna, los resultados eran tan evidentes que, en efecto, parecía mucho más joven. Con todo, extrañó el chongo bajo que solía usar para no perder tiempo. Le hicieron unas ondas que las mujeres de entonces lograban con pasadores y papelitos blancos. Mantuvo el estilo con la frente descubierta. Eso le agradó. Cuando bajó la mirada, descubrió varios mechones de su pelo. Algunos eran plateados. Así que comenzaron a aplicarle una fría pasta rojiza en la melena. Luego esperó en la cocina sin hablar. Dejó que la joven se desahogara. Sabía que era buena escucha. No había nada extraño o memorable en esa biografía: los apuros de siempre en una Moscú con poco espacio para soñar con grandes marquesinas, viajes por el mundo y roles protagónicos. Lidka era soltera. Rebasaba los treinta años. Insegura, no había querido formalizar con ningún hombre porque su instinto le decía que sería el final de su carrera. No deseaba ser madre, lo cual era de por sí un escándalo. La conservadora sociedad de entonces no concebía que una mujer renunciara a tal privilegio. A pesar de las ideas que la revolución inoculó, los prejuicios se perpetuaban.

Cuando le pasaron el espejo para ver la obra culminada, estuvo a punto de llorar, pero se contuvo. No lo sintió correcto. Después de todo era alguien que había sobrevivido a dos gulags, no podía darse el lujo de derrumbarse frente a una chica llena de esperanza, que aún anhelaba triunfar en el teatro. Eso cavilaba al tiempo que contemplaba su rostro rejuvenecido por las cremas hidratantes, las sombras en los ojos y el delineado oscuro con rímel. Los labios, de por sí gruesos, habían cobrado vida, ya no eran una flor marchitándose.

Olga hizo acto de presencia quejándose por las eternas filas en el Ministerio de Educación. Los trámites interminables para actualizar su licencia de profesora le parecían absurdos. Guardó silencio y luego sonrió como pocas veces al mirar a Ariadna:

—¡Bella! —exclamó. No era fácil sorprenderla, en sus más de sesenta años había visto tal cantidad de transformaciones, disfraces, escenarios y fiestas, que previó lo que podría ocurrir—. Ya eras guapa, pero con un poco de arreglo, el mundo se te abrirá. Seguramente encuentras pareja, aunque no te lo propongas.

Lidka secundó a su maestra. No exageraban. La nueva imagen de Ariadna no la hacía sentirse mejor o peor. Fue agradecida con el paquete de maquillajes que le fue dado. Ya no tenía canas, con las cuales nunca se enemistó. Ahora el cabello le había quedado rojo, con reflejos cobrizos al acercarse a la luz. Por lo demás, no consideró una proeza aquella tarde. Lo único que pensó es que si este cambio le ayudaba a lograr algunos de sus objetivos, bienvenida la transformación. Lamentaba, eso sí, haber perdido casi todo el día en ello. Tenía la impresión de que para recolectar, traducir y publicar la obra de su madre, no le iba a alcanzar la vida. Además de lo propio, los libros que ansiaba escribir.

Las tres mujeres cenaron una espesa sopa de verduras. La más joven habló de sus poetas y actrices favoritas. Mencionó a Sonechka Holliday, "no fue muy famosa, pero algo tuvo de atrevida dentro y fuera del escenario", explicó. Olga y Ariadna cruzaron miradas. Ninguna quiso contar la historia que ambas conocían.

Resultó difícil contactar a Anja Vatraloski. En el papel que le dio Evgenia no se leía muy bien la dirección escrita apresuradamente. Debió caminar cuadras larguísimas en un barrio que no solía frecuentar. Le llamó la atención que se trataba de casonas con fachadas de estilo neoclásico o barroco, como solía ser el circuito de antiguas residencias en tiempos del zar. Los domicilios donde llamó a la puerta demoraban en abrir. Intentó tres veces en distintos números. No podría darse el lujo de intentar una cuarta ocasión, podría suscitar sospechas en esa calle. La última vez, a punto de rendirse, salió una joven de cabello encendido ataviada con un largo abrigo de visón, un vestuario inaudito para las adversas circunstancias sociales y económicas que padecía la capital. Era un sábado, a las once de la mañana. El rímel le manchaba el contorno de los ojos como si hubiera llorado el puerto de Odesa en las últimas tres horas. Amable, empero, preguntó detrás de la amplia puerta aceitada:

—¿A quién busca?

Tenía la voz ronca, no parecía corresponder a su edad. Así que Ariadna constató que había sido una noche pésima para la amiga de su amiga, a quien, por cierto, no sabía cómo llamar. Estaba segura de que ésa era la mujer que buscaba por la descripción que Evgenia le había dado. No imaginó que la encontraría en un mal momento. Sin más preámbulos, respondió:

—Soy Ariadna Efron.

—Ya veo, pasa, date prisa, por favor —le dijo asomándose discretamente a la calle. Tenía que confirmar que nadie estuviera espiándolas.

Por ende, las cosas ocurrieron rápido. A lo que iban. Sin explicaciones o saludos. El recibidor era de corte antiguo también. Los muebles parecían nuevos. Las paredes estaban desnudas, como si hubieran acabado de realizar una mudanza. Anja se dirigió a la cocina. Regresó con una charola de té muy bien presentada, terrones de azúcar de dos colores, galletas de mantequilla muy difíciles de encontrar en las tiendas y una vajilla de porcelana oriental. Dejó a su sorpresiva visita con un té ya preparado. Luego se excusó. Se perdió en un pasillo y regresó veinte minutos después totalmente repuesta, con mejor ánimo, toda pulcritud: falda y blusa limpias, zapatos de piso con un moño discreto, cabello recogido, perfume de jazmines. En la mano derecha cargaba un pequeño portafolios de piel negra.

—Me hablaron mucho de usted —dijo con la voz más clara.

—Supongo entonces que conoce muy bien mi situación, así que le agradezco que me reciba en su casa.

—Desde hace días la estaba esperando y no sin el nerviosismo que causan estos asuntos. Pensé que no iba a buscarme. Estaba a punto de deshacerme de los documentos. Usted comprenderá que no puedo tenerlos conmigo mucho tiempo.

—Le ofrezco una disculpa. Creí entender que debía dejar pasar algunos días para no provocar suspicacias.

—Entiendo, ya nadie sabe qué es lo más conveniente —añadió extrayendo del cajón de una mesa de al lado una cigarrera de plata. Invitó un tabaco a Ariadna que ésta rechazó gentil y luego encendió la punta de un cigarrillo mentolado, un gran privilegio. En ninguna de república de la Unión podía conseguirse ese producto.

—Usted dirá qué procede —preguntó Ariadna nerviosa. El abrigo, la decoración, las galletas, los cigarros, el portafolio habían comenzado a inquietarla.

—Le doy el sobre. Es todo. No haga preguntas, por favor. Dentro encontrará una cédula de identidad, una carta de la Universidad de Berlín que la invita a dar una conferencia y un pasaporte. Le llamamos "El Triángulo", con eso está garantizada su salida de este país.

—Veo que pensaron en todo, ¿de dónde sacaron esa carta? —cuestionó a la joven con los ojos abiertos, sorprendidos, pues los sellos, el papel membretado, la firmas, parecían originales. Lo eran.

—No haga preguntas, por favor. No estoy autorizada para responder.

—Perdone, le estaré eternamente agradecida.

—Es el mismo sentimiento que guardo hacia Evgenia. Le debía muchas. Pero eso es otra historia. Acabe su té y me disculpa, pero debo salir.

—Por supuesto.

Ariadna dio el último sorbo a esa bebida amarga, ya fría como el trato recibido. Anja le extendió el sobre que ella guardó en su bolsa. Se despidió con un apretón de manos. Salió de esa residencia tan rápido como entró. Ya en casa de Olga, se encerró con llave. No podía creer que en los documentos de identidad apareciera una de las últimas fotos que le habían tomado en el gulag. No podía cambiar de rostro para cruzar la frontera, pero sí de nombre: Natalia Astrov.

22
Un hilo de oro

Abril, 1938

Conocí a los anarquistas rusos cuando viajé junto a mi madre a Nervi buscando una cura para su tuberculosis. Yo era una niña que se maravillaba con los paisajes. Fue cerca de Génova cuando los vi. Eran hombres altos, con gorros y de barbas oscuras; *ushankas* y *telogreikas* de tela café. Hablaban casi a gritos, manoteando. Me atrajo esa pasión. Se comunicaban entre sí como si el Juicio Final estuviera a pocos metros. Las palabras que más repetían —ruptura, confrontación, libertad, justicia—. Me quedé inmóvil mirándolos. Poseían un hechizo de estatuas en movimiento difícil de olvidar. Caí en su encanto. No podía no ver esa enardecida forma de vivir en el mundo. Le pregunté a mi madre por ellos. "Anarquistas" —dijo. La palabra también me fascinó. Fui repitiéndola en todos los trenes de regreso: anarquistas, anarquistas, anarquistas.

Abril, 1938

No lo reconozco. Es mi hijo, no obstante, desde que le cambió la voz, nuestras miradas se transformaron. Ya no puedo ser una madre cariñosa. El tiempo de la escritura me consume, cierto; sin embargo, debo escribir para tener material que mandar a revistas, editoriales, quizá una… Mur no lo entiende. Sus exigencias son cada vez más cortantes. Se aleja de mí porque ahora soy un puerto al que no desea volver. Ha crecido, la fortaleza de su carácter y el color de su criterio brillan por sí solos. Ya no me necesita. Agradezco a la vida que sucedió muy pronto: ha comenzado a convertirse en hombre y, como tal, se esconde en el mal humor, los silencios, las mentiras. Mi autoridad corre peligro. No quiero perderlo, pero forjará su historia como él decida y definitivamente no voy a intervenir en sus asuntos. Creo que malinterpreta la libertad que le concedo. Para él soy una madre distante, fracasada, soñadora, inútil en el mundo. Afirmó: "Los poetas sobran, ya conozco demasiados. Con todo, sé que escribe. Lo hace por derivación, por ósmosis, por imitarnos a Ariadna y a mí. No me deja leer sus borradores. Los guarda como si fueran mapas de un tesoro que nunca encontraré."

Septiembre, 1938

Los checos necesitan un poema. O varios. El final que creíamos se había escrito en nuestras tierras no será más que el comienzo de un nuevo horror. La infamia de Munich es el preludio a la ocupación de Praga. Me cuesta imaginar a los nazis en el Puente de Carlos, no puedo creer que sus botas, sucias de lodo y sangre, rodeen las torres, los techos de esa milenaria ciudad. Los checos tienen que resistir: renacer como fénix de las cenizas de los incendios que aman los alemanes; de las llamas en la hierba, de la peste que entusiasma al cementerio.

Noviembre, 1938

Quiero estar de nuevo en Francia, ser esa joven mujer que se escribía con dos poetas mientras limpiaba pescados para darles de comer a sus hijos. Quiero volver a las frases que gritaba en el silencio y que Rilke recogía en forma de rosas, en Suiza. Necesito transformarme en un copo de nieve eterno en la ventana de Boris. Deseo con todo fervor que el tiempo retroceda. La poesía salva el instante, sí, pero a veces no funciona en la realidad pedestre de lo cotidiano. Toleré el mar de la Costa Azul, el relajamiento de sus olas y la soledad acompañada con Serguéi sólo porque Rilke me mandaba poemas en papel alemán. Boris, por su lado, tejía para mí un hilo de oro que me sujetaba a Rusia. Aquella correspondencia, la del verano de 1926, significó de algún modo mi reconciliación con el mundo: mi melodía de alondra.

TERCERA PARTE

23
El comienzo de la herida

Tarde o temprano, este momento llegaría. Fue una charla color adiós. Olga se negó a llamarla de ese modo, estaba segura de que volverían a verse. Cenaron con Orgest como si fuera cualquier otro día. El niño se había encariñado con Ariadna. Le preguntó cuándo estaría de regreso.

—Pronto —mintió.

Olga supo, sin querer enterarse, sin pormenores, lo del pasaporte y demás documentos. Mientras menos supiera, mejor.

—Entonces, ¿tienes todo arreglado? —inquirió la dramaturga.

—Sí, he contemplado cada detalle.

—Escribe, por favor, cuando tengas oportunidad.

—Descuida, vas a enterarte de cómo salió todo. Enviaré un telegrama apenas esté Berlín.

La luz de la lámpara del comedor iluminaba sus rostros algo tristes. La preocupación de Olga era evidente, pero optó por conversar, serena, sobre algunas cuestiones del trabajo. Antes de irse a dormir, se abrazaron largamente. Al separarse, Olga recomendó:

—No te pongas nerviosa en la aduana, te lo ruego. Cuando pases, sé la mejor de las actrices, quiero que des una actuación maravillosa. Iré a buscarte uno de mis abrigos y algo de ropa que guardé de mi hija. No puedes andar sin guantes ni sombrero. Imagina que son el vestuario antes de salir a escena.

Al día siguiente salió de esa casa convertida en otra. Llevaba cicatrices aún profundas. Olga también le cedió su mejor maleta y se levantó muy temprano. Desayunaron juntas por última vez.

—¿Sabes? En el teatro hay una figura que se llama "héroe por sustitución". Ahora entiendo qué función en mi historia tuvo tu presencia aquí. Apareciste poco tiempo después de la muerte de Miroslava y colmaste, de alguna manera, ese vacío que seguirá creciendo.

—También tú fuiste una madre, Olga. Una ejemplar, mejor que...

—¡No te atrevas a pensarlo! —la atajó—. Qué sabes de tú de los motivos de los padres.

Ariadna sonrió y cambió de tema. Tal vez no sabría de motivaciones, pero sí de consecuencias. No quiso discutir y, más tarde, mientras arrastraba el equipaje por las calles que la llevaban a la estación del tren, recordó a Eurídice y no se volvió para mirar esa casa donde sus heridas reposaron. El paso siguiente sería difícil. Sintió otra vez la adrenalina, la sensación de estar jugándose los cada vez más pocos años en plenitud que le quedaban. En el pasado, cada vez que hizo una apuesta fuerte, perdió.

Era muy larga la hilera de viajeros tratando de salir de Moscú. Mientras esperaba su turno, vio cómo cinco de ellos, aleatoriamente, eran separados y, molestos, se encaminaban hacia un privado, cerca de la salida de la estación; un par regresó, a los otros no los volvería a ver. Le temblaron las piernas. La voz, por un momento, se le quedó enterrada en la garganta. Respiró hondo, como le dijo Olga. La mujer que iba a salir de esa nación no era ella. El juego consistía en creer que Natalia Astrov, profesora de Literatura, iba a asistir a un congreso en Alemania. Mostró pasaporte, cédula de identidad, carta invitación de la universidad de Berlín (proporcionada por un contacto de Lidka, estupenda falsificación, por supuesto) y respondió una docena de preguntas. El oficial migratorio miró los documentos a contraluz varias veces. Ariadna se quedó sin aliento, pero fingió abulia y desdén. Esperó porque el militar, dubitativo, mandó llamar a otro uniformado para consultarle si la dejaba ir o no. Tendría que salir rápido de ahí antes de que le hicieran más preguntas, volver a la modesta sala de Olga. No obstante, los dos soldados señalaron la puerta de entrada a los andenes. El corazón, otra vez, parecía salírsele del pecho, pero agradeció con una sonrisa.

Cuando les dio la espalda y recuperó su equipaje, en busca del vagón con el boleto que había comprado, recordó lo que era, después de quince años, la alegría; sin embargo, acostumbrada a reveses y bromas pesadas del destino, no cantó victoria sino hasta veinte minutos más tarde, cuando luego de una última revisión de documentos y pasajes al interior del tren, éste arrancó. Ariadna sabía de viajes largos e interminables en ese medio de transporte. Aprendió a tener paciencia desde que sobrevivió al primer traslado a un campo de trabajos forzados. No se mareaba. Podía acomodarse perfectamente recargada en la ventanilla. No le entusiasmó el paisaje. Había cruzado dos veces, durante largos días, una gran extensión del territorio ruso. Calculó que si sumaba el kilometraje recorrido en esos traslados, ya le había dado la vuelta al mundo, ella, que la mitad de su vida había transcurrido en campos de trabajo.

Llegó a un Berlín gris, sombrío. Los ecos de lo que ella creía que era la reconstrucción de la ciudad, no su modernización, levantaban cortinas de polvo en los bulevares veloces, como aleteos de abejas oscuras. Incluso la Puerta de Brandenburgo, sin el brillo de los mejores días del Reich, se había opacado.

El viaje fue lento, le lastimó las vértebras, así que se encogió de hombros al avanzar algunas calles hasta el café donde se encontraría con Ancel Berger, un editor septuagenario que conoció a Marina en los tiempos del exilio, cuando ésta logró escapar de la pesadilla de 1917 e intentaba publicar parte de sus diarios en alguna casa de editora de emigrados. Berger se negó a que aquellos cuadernos de pastas blandas y hojas de distintas texturas vieran la luz. Argumentó que su sello no publicaba libros políticos, y ese documento lo era. La escritora negó furibunda:

> En el libro no hay política; sólo una verdad apasionada. Verdad del hambre, del frío, de la cólera, ¡verdad de aquella época! Fuera de la política está todo: las conversaciones con mi

hija, los encuentros con la gente, mi propia alma, y, entera. Es mi alma encerrada en un nudo corredizo de muerte, pero de cualquier modo viva. Sí, el trasfondo es siniestro, ¡no fui yo quien lo inventó!

Ariadna recordó las charlas con su madre, sobre todo las que solían convertirse en monólogos o soliloquios. Cuando ella creció, fue más sencillo mantener la intensidad del diálogo con Marina. De pequeña se limitaba a repetir ideas y a citar los libros que le enseñaban, con eso era suficiente para impresionar a los amigos, pensaban que la niña poseía un criterio bastante adelantado para su edad. Lo cierto es que Ariadna fue madurando a solas, callando lo que pensaba, llenando sus propias páginas en otros cuadernos.

Esperaba mientras bebía un té carmesí. El clima del lugar era hijo de varios inviernos. También las amplias ventanas, cubiertas de vaho, parecían enormes hojas de una libreta donde hacer confesiones. El anciano llegó puntual, lo recordaba pelirrojo, de espalda ancha. Sin embargo, esa persona era enjuta, avanzaba con lentitud y el cabello se le había aclarado hasta obtener un tono rosa desvaído, irreal. Sostuvieron una conversación rápida, incómoda. El alemán celebraba la belleza de Ariadna cada tres frases. Incluso comentó que era un milagro que una mujer pudiera sobrevivir un gulag en Siberia ("ya nos han llegado noticias de esa *anomalía*") sin perder ardor en la mirada. Evadía las preguntas de la rusa, se mostraba más interesado en saber cómo la joven había podido salir de la Unión Soviética y otros detalles, por ejemplo, si eran verdad las leyendas negras que en toda Europa se contaban sobre Stalin. Para la edad que tenía, hablaba rápido, quizá así compensaba su andar lerdo. Ariadna tuvo que interrogarlo varias veces sobre si la poeta le había dejado alguna copia de unos versos, ensayos u otro borrador. Ancel le pidió que fuera a verlo a su residencia mañana, que iba a buscar en sus archivos, que tal vez si tuviera algunos poemas o fragmentos que, de hallarlos, con gusto se los proporcionaría.

—Como sea, no pude publicar los escritos de su madre, entonces era peligroso, pero ella era necia. Y no me lo perdonó —apuntó con cierto pesar. Antes, le preguntó a Ariadna si ya tenía alojamiento. Ella mintió, no deseaba la ayuda de ese *clown* sospechoso.

Pocos minutos después de salir del encuentro, una lluvia copiosa le cortó el paso. Buscó refugio en otra cafetería —había tratado de contactar a la gente que conocía Evgenia, sin éxito, pues nadie tomó el teléfono—, ahí se animó a preguntar por un hotel barato. Le dieron la dirección de una casa de huéspedes a cinco cuadras. Como sucede con una anestesia agresiva, el sueño la venció sin aviso. Seguía extenuada por las largas horas en el tren, la caminata en Berlín, una ciudad que apenas pudo reconocer, y la charla intrusiva del editor.

La casa de Ancel Berger ostentaba un lujo decadente: candelabros grises, servilletas con bordados de oro, pero percudidas. La biblioteca era un santuario olvidado donde una discreta costra de mugre se alzaba sobre los lomos de los libros. El anciano hizo descubrir dos sillones de terciopelo azul marino que estaban cubiertos con mantas. En ese salón todo era un tiempo desolado. El anciano tardó en encontrar el cuaderno cuya letra era inconfundible. Las tapas estaban cosidas con cordones de cuero negro. Las hojas eran de un papel robusto, capaz de soportar el trajín de los viajes; con todo, algunas se hallaban en mal estado. Una que otra tenía la superficie accidentada, con la típica cicatriz del llanto que no alcanza a horadar la letra, pero deja el vestigio de una herida.

Curiosamente, Ariadna no se emocionó. Llevaba años preparando ese encuentro, no obstante, poco tardaría en entender que entre la prosa de su madre y la propia no había tantas diferencias. A modo de almario, género que ambas dominaban, los fragmentos se leían firmes, con la claridad de una Marina desesperada, profunda, enojada ante el paisaje vulgar de la guerra y octubre en un vagón: "Mi alma, hirviendo, no me salvará".

Leyó despacio esa última frase, sabía que tenía que ir en busca de otros cuadernos y luego ir ordenando sus contenidos. Salió con esa libreta en el bolso. No fue fácil escapar del anciano, que intentaba prolongar la visita. Lo que ella deseaba era encerrarse con las páginas recién rescatadas. Necesitaba leer y releer como un ejercicio de expiación, como un antídoto contra la angustia. La idea había brotado en uno de esos largos días del gulag, cuando la muerte es más clara aún, más gélida. Ariadna descubrió que le faltaba una razón para soportar el hielo del aire. Si bien la idea ya se la había dado alguna compañera ("deberías ir en busca de los libros que no pudo publicar tu madre", le dijeron), ella aún no tomaba la decisión. Recordó la hora exacta del confinamiento, qué hacía, pintar un muro o no, tal vez arrastrar madera para encender fuego y seguir trabajando. Nadie se "reeduca" sin pensar en su vida lo suficiente como para desear cambiarla. El asunto con ella era que esa transformación había tenido lugar desde adolescente, desde las penurias que pasó con su madre, las idas, las vueltas, los pleitos porque el tiempo pasaba y toda la familia no conseguía reunirse. La relación de Ariadna con su padre era buena, o al menos no envenenada con el rencor de las hijas que sufren maltrato. Sergei fue un padre comprensivo, dio la mejor de las caras, no era exigente como Marina, no opinaba cuando alguno de sus hijos hacía algo mal, nunca demandó la excelencia que la madre de esos chicos buscaba en el mundo. Aunque se tratara de un simple dibujo infantil, si la traductora rebasaba los contornos de la figura con sus gruesas crayolas, el regaño de la poeta no se hacía esperar. Con todo, la admiración de la niña rebasaba rencores, y se acostumbró a ese maltrato afectivo, como si fuera la normalidad entre padres e hijos.

El paso de los años complicaba más la tarea de reivindicar a su madre. Si bien la suerte hizo que Ancel siguiera vivo, nada ni nadie podía garantizar que otras personas, amigas o conocidos de Marina, continuaran radicando ahí y, menos aún, que conservaran los cuadernos de la artista rusa. Así que para no errar ni gastarse todo el dinero que Evgenia le había dado, decidió tomar un tren a Suiza, algo en su interior le decía que sí, que Ariadna en efecto habría depositado en la Universidad de Basilea una carpeta con cartas, fragmentos de diarios, borradores de poemas y demás textos inconclusos. La carpeta, existía, ella misma la había visto; faltaba comprobar que la información de la carta de Ivask fuera cierta.

Fue una noche larga. No pudo conciliar el sueño por la emoción que le produjo el primer documento rescatado, que revisó con calma antes de apagar la lámpara de la habitación. Descubrió que podía obtener un libro entero de él; se trataba de un diario en forma, incluso pensó en el título: *Diarios de la Revolución de 1917*. El hilo conductor era el ascenso bolchevique. Las postales descritas eran desconsoladoras, dominaba en ellas el miedo genuino que da el cambio cuando se intuye que descompondrá el orden del espíritu. La gran aportación del cuaderno era fotografiar el inicio de una revuelta junto con la creación de una atmósfera terrible donde el vacío no es capaz de sostenerse ni con la pluma más elegante ni con la imaginación más afinada. Marina rezaba en ese diario por los suyos; pero también narraba otras historias de terror que se encontraba en los trenes. Para ser una poeta no hacía de lado la reflexión ni la crónica como género ineludible. La hibridez de esa escritura la volvía valiosa. En cuanto a la estructura, se adelantó a su época. Era libre incluso en el modo de pasar de la prosa poética al ensayo, de la carta al diario, al cuento, etcétera. Por otra parte, no le temía a la fragmentación porque era un eficaz medio para condensar el mensaje que, a veces, se convertía en una píldora de dolor en contra del sufrimiento. Eso pensó Ariadna cuando buscó otra cobija para cubrirse en el lecho áspero del lugar. Hacía un frío húmedo. La lluvia iba y venía como un océano estrellándose en el acantilado de la noche.

24
Ménage à trois?

Los alemanes, adustos, se movían igual que máquinas en la estación. Ariadna contemplaba con curiosidad esas locomotoras que inspiraban a los poetas futuristas con ecos críticos de un mundo por venir menos humano, más frío, toda una esfera de desmemoria y vértigos. Esos armatostes eran cada vez más rápidos, capaces de atravesar extensas regiones de Europa en menos tiempo que cuando ella era niña y los viajes eran el germen de una nueva mudanza. Le sorprendió saber que en menos de veinticuatro horas podría atravesar casi todo el país. Llegaría a la frontera con Suiza por la noche. Cuando por fin abordó el tren, sintió alivio, pues cada lugar posee un significado único en la topografía afectiva que nos define. Ese Berlín, diezmado por las guerras, transido por la división militar, no era el mejor sitio para reconciliarse con el prójimo. Los años en el gulag habían sido suficiente tortura para Ariadna, deseaba olvidarlos, así que se acomodó en el duro asiento de segunda clase, dispuesta a lo que el destino dictara. El viaje comenzó con el silbido de una bestia que anuncia la despedida. Cerró los ojos. Le esperaban intensas horas de camino, por lo que llevaba varias lecturas en el equipaje, desde revistas de la época hasta libros de filosofía o antropología. Ancel Berger había sido generoso o, mejor dicho, consciente de que no tardaría en morir, comenzaba a deshacerse de su biblioteca. Concentrada en ello, no se dio cuenta de que aquel vagón se ubicaba junto al de primera clase. Debido a esa cercanía, el cuarto de baño era compartido entre acomodados viajeros y los que no tenían más recursos, por la sencilla razón de que el que correspondía a primera clase estaba clausurado. Una señora con un anacrónico sombrero del que salían plumas blancas, pero un peinado lleno de ondas que seguía la moda de entonces, protestó largamente por tal situación; los empleados se disculparon varias veces durante el enfadoso discurso. Resignada, la nueva rica tomó su lugar con enfado. Un hombre joven la miró divertido, ocupaba uno de los asientos de la última hilera de esa sección. Leía un libro de Lou Andreas-Salomé.

Luego de una siesta corta, Ariadna sintió el pinchazo del hambre, apenas había desayunado un té y una hogaza de pan. Se levantó en busca de la cafetería, pero antes fue a los aseos para acicalarse un poco. Había alguien dentro, así que dudó en esperar o volver más tarde. Deliberaba cuando Gunnar Weiz se formó detrás de ella. Fueron segundos ríspidos entre sonrisas de extraños que se saludan según las maneras de su tiempo: ya sin la exageración del siglo que les antecedía, aunque sin perder la elegancia de un tren y su frontera social. Con sendos libros en las manos, los ojos se les fueron hacia ellos más que a las pupilas verdes de la rusa o las de él, de un azul que nunca supieron definir, por cambiantes según el ánimo de las mañanas.

La traductora entró. Abrió la rudimentaria llave del lavabo, se miró en el espejo y descubrió aquel extraño rubor que la ponía nerviosa, al punto de desear que el caballero de afuera no continuara esperando su turno para no tener que verlo de nuevo. Lo habría deseado tanto que no había nadie al salir. Quizá él tampoco quería topársela de nuevo. Ya en el café, Ariadna compró galletas con amargos trozos de chocolate, un té igual de oscuro, excesivamente aromático, luego se sentó frente a una de las mesitas del establecimiento y recordó la historia de una mujer a la que su madre admiraba sin admitirlo, sin mencionarla en ninguna de sus obras, sin rendirle un justo homenaje en público quizá por celos, por haber poseído lo que Marina jamás: varios meses junto a Rainer Maria Rilke.

Más inteligente que hermosa, lo cual era mucho decir por esos ojos algo juntos, pero despiertos, brillantes como las esquirlas de las chimeneas en diciembre. Tenía el cuerpo armonioso, los labios húmedos por las palabras exactas que se quedaban con ella confiriéndole un halo ceremonial; la melena, aunque casi siempre recogida, liberaba los rizos en flor de su genio. Era una mujer incapaz de resignarse a los ripios del matrimonio, a la música cotidiana de la sumisión. Apasionada como muy pocas en su tiempo, carecía de los pudores que mortifican la vida sexual, esos que obstruyen los caminos libres del mundo. Lou Andreas-Salomé, una judía acaudalada, eligió la vida de los viajes, por dentro y fuera de la psique, e inspiró a mentes preclaras que la rodearon como abejorros borrachos de la espesa miel de las ideas o las filosofías del espíritu en cuyo delirio Friedrich

Nietzsche, por ejemplo, le propuso matrimonio. No sería el único. Ella se negaría varias veces, hasta que la fuerza del chantaje la uniera con un profesor orientalista del cual heredó simplemente el apellido, ya que nunca consumaron la unión. A Rilke lo encontraría en Roma, era joven, ávido de consuelo, de la comprensión por la que mueren los poetas cuando más rebosan de ingenuidad, cuando más hondas son sus llagas. Lou ya sabía todo sobre el hipnotismo del amor, ya la habían tratado de comprar con otros saberes que, se suponía, la iban a seducir; ya había vivido en *ménage á trois* con Paul Rée y el mismo Nietzsche, tejiendo un juego de almas que no acabó bien para ninguno, aunque significó la declaratoria de una aventura cada vez más liberal en lo sucesivo, de una existencia entregada a sus intereses y no a la vida de un hombre. Era hábil escuchando, lograba aislar los detalles de una frase que examinaba en el microscopio del discurso, ya sea hablado o escrito. Las cartas de Rilke y Lou eran confesiones de mutua afinidad y entendimiento, tejidas sobre la experiencia de la carne, lejos del idilio que Marina y Rilke sellaron en sus misivas.

Corría el inicio del siglo XX cuando pasaron una temporada juntos en Wolfratshausen, la filósofa había rentado una casa con vista a las espectaculares montañas del bosque, ahí, Lou le enseñó ruso al joven poeta, a quien le llevaba quince años, los suficientes para ser una especie de maestra, amante y mentora que, cualquier artista en ciernes, necesita para despegar. Rilke lo hizo, se convirtió en un referente de la poesía europea en su tiempo y en las décadas que vendrían. La presencia de Lou había sido esencial para forjar su educación artística, no sólo en lo teórico sino por los viajes que compartieron, el descubrimiento de la cultura rusa, que para Rilke fue una especie de rito iniciático.

Qué habría dado Marina por poder pasar al menos un día junto al gran poeta que todos admiraban. En los momentos más encendidos del romance epistolar que sostuvo con él varios años más tarde —cuando le tocaba al alemán ser mentor y ya no alumno—, ambos fantaseaban con un encuentro donde éste ponía su cabeza sobre el pecho de la poeta rusa para tan sólo escuchar su corazón. Se amaron, sí, platónicamente, con la pasión y el desenfreno imaginados que los mantenía a salvo de su realidad: Rilke estaba enfermo, a veces en Italia; otras en Alemania, esperando el fin. Marina, en Francia, aguantando la pobreza, sumida en un exilio que se negaba a entender. Fue una historia triste, pero luminosa, así la calificaría por siempre Ariadna en uno de sus libros, admitiendo, también ella, que las mejores relaciones son las que nunca se concretan, los encuentros que jamás pueden realizarse. De hecho, Marina salió de otros lances amorosos que se daban en la letra con la resignación propia de que entre vates, el mejor amor es el que brota espontáneamente en y desde las palabras. Con Lou, Rilke realizó todo lo que podía esperarse de un encuentro entre espíritus sensibles, rebeldes. Con Tsvetáieva, encontró consuelo, anestesia contra la vejez que lo alcanzaba. Vivieron dentro de un sueño del que aquí se hablará más tarde porque urge contar qué ocurrió cuando Gunnar Weiz conversó por primera vez con Ariadna en ese tren rumbo a Suiza que insistió, a su modo, en acercar a los pobres y a los ricos.

Él tenía treinta y tres años, la traductora le llevaba una década. Ninguno buscaba una relación; parecería, más bien, que ambos rehuían de toda posibilidad amorosa. La rusa sabía que mientras no terminara de adaptarse al mundo, no sería oportuno intentar nada. Olga le presentó a uno que otro profesor del claustro, pero ninguno le inspiró emociones dignas de repetir el encuentro.

"Tendrás que rehacer tu vida, no es posible que te quedes sola. A Marina tampoco le habría gustado esa idea", le dijo varias veces. Ariadna no escuchaba, sus preocupaciones eran otras. Si bien había tenido novios sin ataduras ni complejos, no había experimentado el duelo amoroso en forma, con ese desasosiego, ese dolor en los huesos y el llanto en franca desesperación que acusa la pérdida. La delación de Samuil y las violencias de la primera detención, sustituyeron ese trabajo interno. Diríase que no se había entregado realmente porque le faltó tiempo con el joven ruso, porque el influjo de la razón la había dominado para bien de su alma. Estaba convencida de que era lo más conveniente, sabía lo que el trauma de una separación hace con los seres humanos: los sume en un estado depresivo, en un viaje hacia el fondo, en un hundimiento del que raras veces se regresa sin una herida que duele como un muñón, como el fantasma de un miembro o una parte irrecuperable de nosotros mismos, extraviada para siempre porque ha sido extirpada con violencia, sin piedad, sin que se comprenda ese fin: la desaparición del amante al que se le ha dado la vida, la carne, el placer y el tiempo.

Algo similar ocurría con Gunnar Weiz, aunque el joven de inmensos ojos amables, finas maneras, voz tenue, sí creía —y lo lamentaba— haber estado enamorado de una joven reportera estadounidense, corresponsal de prestigiosos diarios, que cubrió la Segunda Guerra Mundial en Alemania,

Fiona Stevens, una astuta trigueña de veintitantos febreros que lo mismo se hacía pasar por prostituta, miembro de la realeza o espía para conseguir información, costara lo que costara. La conoció en un bar de París. La joven llevaba una falda con crinolina, zapatos planos, cabello cortado a la altura de las orejas, pero abultado en el centro, donde colocaba un moño del mismo color de la blusa de corte elegante, cuadrado, a lo Coco Chanel. Como la modista, su inspiración por haberla entrevistado hacía pocos meses, Fiona también usaba trajes sastres de *tweed* ribeteado, era, lo que podía decirse con toda seguridad, una mujer a la moda que deseaba ir a la vanguardia en todo, así que fumaba sin parar y a la menor provocación sacaba de su bolsa una libreta donde hacía anotaciones al vuelo.

—Sabrás, *darling*, que algún día escribiré la novela de lo que nos ha pasado a los dos.

—La leeré con gusto.

—Habrá de todo en ella: suspenso, aventura y, sobre todo, romance, haremos llorar a los lectores.

—No me cabe la menor duda de que será una obra maestra —sonreía paciente el suizo, aunque llevaba la cuenta de todo el bourbon que Fiona ingería sin preocupación alguna.

Pasaban los meses y ahí estaba él, de nuevo en un hotel de Montparnasse, en otro de Brujas, en una pensión de Praga, en un pub de Londres, recogiendo los trozos que quedaban de la chica a causa de una ebriedad cada vez más frecuente. No fue fácil abandonarla. El sexo entre ambos era determinante, un analgésico que hacía olvidar cualquier desacato. El apellido Weiz era conocido en Europa, se trataba de una familia de académicos y banqueros. En esas dos líneas se dividía el linaje poseedor de extensos terrenos en Alemania, Francia, Suiza e Italia. El padre de Gunnar prefirió la vida entregada a los libros, sin descuidar la herencia de su padre, que sí se dedicó fervorosamente, con ambición desmedida, a la banca, y gracias a esa actitud había garantizado el bienestar económico de las próximas generaciones. Fiona lo supo de inmediato y abusó cuanto pudo de la cartera del joven. Rompieron el último verano en Atenas, cuando la norteamericana propuso un trío. El alemán no aceptó; necia, la muchacha llevó a cenar a su hotel a un marinero. Gunnar, decorosamente, admitió la visita, pero no pudo contenerse cuando su pareja besó al desconocido. Hecho una furia, empujó a la mujer que intercedió para evitar que él golpeara hasta el cansancio al griego.

—¡Animal! —le gritó la joven semidesnuda—. ¡Me das asco! ¡Asco, asco, asco!

No volvió a verla. Meses más tarde se enteró de que había ganado el Premio Hearst de Periodismo, uno de los galardones más prestigiosos del momento, y que había regresado a Nueva York enfundada en otro traje Chanel, con un puesto impensable para una mujer en una de las revistas del magnate de la información.

Gunnar se empeñó en olvidarla en burdeles franceses e italianos donde se dio cuenta que no sabía qué quería de la vida, de *su* vida. Hasta entonces era un junior descarriado que le daba largas al padre con el pretexto de ir de un país a otro supervisando las propiedades de la familia o las cuentas en los bancos fundados por el abuelo. No estaba seguro de lo que era ni de lo que realmente deseaba. Tenía sólo dos claridades: leía para vivir y las mujeres libres lo perdían.

25
Rumbo a la trampa

Febrero, 1939

Por recomendación del gentil Yuri Ivask, he vuelto de la Universidad de Basilea, donde estoy dejando las notas, los cuadernos y hasta las hojitas sueltas donde escribo. Han sido años terribles, así que cualquier cosa puede pasar. No quisiera que un libro en ciernes, un ensayo o un diario de mi autoría fueran confiscados. Duele, es verdad, desprenderse de esas libretas; no tengo opción. Es menos riesgoso viajar ligera —no me refiero solamente al sucio equipaje, donde cabe todo lo que tiene mi familia.

Dispuse que aquellos manuscritos no se den a conocer sino hasta dentro de cincuenta años, cuando todos seamos ceniza.

Marzo, 1939

Los checos avanzaron hacia los alemanes y les escupieron (*véanse los periódicos de marzo de 1939*). Estoy entusiasmada…

Agarraron -rápido y agarraron- con saña:
tomaron la montaña y tomaron las entrañas,
tomaron el carbón y el acero presto,
tomaron el plomo y el cristal nuestro.
Tomaron el azúcar y el trébol tomaron,
tomaron el norte y tomaron el oeste,
tomaron la colmena y el almiar tomaron,
nos tomaron el sur y también el este.

A Vari tomaron y los Tatras -tomaron,
tomaron lo cercano y lo lejano tomaron,
pero -con más dolor que al paraíso terrenal-
ganaron la batalla -por el país natal.

Tomaron las balas y tomaron la escopeta,
tomaron las manos y tomaron los amigos...
¡Pero aún está la boca de saliva repleta
y así todo el país armado está, enemigo!

Junio, 1939

Mur ganó. Fue más insistente, más decidido. Así que sus quejas me trajeron a este barco. Después de incontables horas de discusión y argumentos poco creíbles, me dejé convencer por este jovencito; vuelvo a una Rusia desconocida —muy nuestra, según mi hijo—. Son ya diecisiete años de un exilio pobre, violento. Tal vez sea hora de ser valiente y de creer que toda la familia puede estar junta. Mur y Ariadna aman a su padre; lo han visto, lo quieren tener cerca para siempre. Serguéi, después de todo, es mi marido, mi único punto de llegada. Es probable que el sueño de abrazarnos todos juntos se realice; quizá el clima político haya menguado. Sí, muchos me suplican que no vaya porque las cosas siguen igual o peor. Existen campos de trabajos forzados donde todos los artistas, todos, purgan condenas indecibles. Me recuerdan que la situación de Serguéi es peligrosa. Me repiten que en Rusia, como nunca antes, se arriesga mi familia. Ya no sé qué temo más, si todos estos rumores o perder a mis hijos, no volverlos a ver. Sea lo que sea, he tragado saliva, me he colocado un sombrero negro para abordar Le Havre, el barco con destino a los que amo.

Junio 18, 1939

Fue una travesía triste, nublada, con espuma sucia en el puerto. No menos grave es saber que mi hermana está detenida en un gulag. No he podido conseguir la dirección, nadie quiere prestar ayuda. Sospecho que no debí volver; sin embargo, habría sido peor enterarme estando lejos de que a Anastasia la han capturado. Por si fuera poco, Sergei y Ariadna viven bajo vigilancia en Moscú. Me siento como Napoleón dirigiéndose a Santa Elena.

Junio 19, 1939

Nos abrazamos largo rato sin poder dejar de llorar. En vez de salir con mi esposo a recoger conchas en la playa, eran pedazos invisibles de nosotros lo que nos devolvíamos. El tiempo que dure nuestra estancia juntos será bien recibido. No creo que debamos permanecer en el mismo lugar los cuatro. Me alegró encontrar a Ariadna con Samuil. Se ven felices. Espero que esa alegría no se apague. Serguéi ha envejecido. La enfermedad lo tiene visiblemente desmejorado. No es el hombre al que vi por última vez en Francia. El carácter se le ha dulcificado todavía más. Ahora parece entender mejor los misterios de la vida, es más práctico. Una de las primeras cosas que hicimos fue escuchar música. No nos soltamos la mano mientras Chopin nos llevaba de nuevo al mundo que perdimos, cuando aún podíamos dibujar en la mente otro universo, cuando no habíamos perdido el fulgor de nuestra libertad.

Junio 22, 1939

Cada vez que Serguéi tose, también me duele el alma. Su mal cardiaco nos angustia. No puede ni debe hacer esfuerzos. He pensado en ese trastorno que aqueja a las personas más importantes de mi historia. Todas parecen tener el corazón en crisis: Serguéi, Ariadna y Boris. Será por eso la potencia de sus latidos. Los tres son espíritus apasionados. El primero se entregó a la política como un ángel al cielo tormentoso. El segundo —poeta al fin— le da su vida a la música de Orfeo. Alya es la lectora más dedicada que he conocido. Todos ellos llevan un reloj de nácar en el pecho. Amo el brillo de esas manecillas.

26
Cruce de cisnes

AL BAJAR DEL TREN TUVO QUE COLOCARSE EL SOMBRERO. Sintió que el sol le hería los ojos. La frontera con Francia, que se advertía en el aire y el rumor del Rin, la alegraron. Para ella hacía un calor desconcertante. No estaba acostumbrada a sudar sin esfuerzo, a gozar de la claridad de un cielo azul infinito. Así que anduvo por las calles adoquinadas de la ciudad admirando los edificios de múltiples ventanas cuadradas, los techos de madera o piedra oscura. Se respiraba una gran libertad en ese sitio. La razón, desde los romanos hasta la época de la Reforma, ya que ésta fue inoculada ahí por el fraile Oecolampadius, quien propició un clima de tolerancia como no existía en otras poblaciones suizas. De hecho, Erasmo vivió y publicó allí la primera edición en griego del Nuevo Testamento. Los hugonotes —los calvinistas perseguidos en Francia— se refugiaron en Basilea. Ariadna, de algún modo, se identificaba con ellos, también buscaba dónde alojarse, pero no sólo durante los días que durara su estancia.

El paseo por la catedral, los museos y el tranvía no la cansaron. Con esa energía que dan los viajes felices, se alojó en un hostal cerca de la universidad pública. No fue fácil dar con ella. El sitio se perfilaba como el santuario académico en que se iba a convertir en pocas décadas. Abundaban los institutos de arte, los talleres de escultura, etcétera. Además, las cafeterías presumían clientes que conversaban durante horas como en París. El chocolate era una bebida que la conquistó desde el primer sorbo. Ya no recordaba a qué sabía. La neutralidad y modernidad suizas le acicalaban el alma. Encontró librerías que la hicieron pensar en un gran paraíso. Lamentó no contar con el dinero suficiente para comprar los tomos que sus manos acariciaban como si se trataran de tesoros recién descubiertos. Observó durante bastante rato las pastas de las novedades editoriales de entonces: *El asesinato en la calle Hickory* de Agatha Christie, *El país de octubre* de Ray Bradbury, *Psicoananálisis de la sociedad contemporánea* de Erich Fromm, *Los mitos griegos* de Robert Graves, entre otros que le habría gustado comenzar a leer en ese mismo momento. La idea de traducir libros de toda clase la emocionaba como nunca. Ahí, Ariadna Efron… corrección: ahí Natalia Astrov podría comenzar de nuevo sin mayores dificultades. Era un pensamiento inocente, claro. La misión que se había impuesto desde hacía varios meses no la dejaría abandonar el mundo soviético. Con todo, se sentía bien soñar de pronto sin la tristeza que la acompañó durante casi veinte años.

Al día siguiente se presentó en la biblioteca de la universidad. Le sorprendió el amplio catálogo, la limpieza de las instalaciones y la comodidad de las mesas y las sillas donde los estudiantes consultaban gruesos tomos. Para que le creyeran que era la hija de la gran poeta rusa, llevaba el viejo cartón de identidad. Se había arriesgado hasta el límite conservándolo entre la ropa interior a su salida de la Unión Soviética. Lo guardó en un plástico y lo llevaba pegado al seno izquierdo. Estaba segura que no la revisarían a conciencia, pero aun así corrió el riesgo de las aduanas suspicaces. En el mostrador de la biblioteca la escucharon detenidamente. No sin antes pedirle a la empleada, una joven rubia que parecía estar siendo entrenada, que le hablara más despacio. El alemán de Ariadna gozaba de buena salud, podía leer con absoluta suficiencia, se defendía bastante bien, sin embargo, la falta de práctica le pasó muy pronto la factura. Le llevó más de una semana adueñarse del acento de esa región, de las inflexiones y el modo de pronunciar aquellos verbos intransitivos.

—¿Un archivo, dice? —respondió la joven cuando Ariadna le repitió varias veces de qué se trataba su solicitud.

—Así es, tengo entendido que acá se encuentran algunos documentos de la poeta rusa Marina Tsvetáieva, ¿cómo puedo consultarlos? —insistió.

—Disculpe, no hay nada de esa escritora en la biblioteca.

—Le ruego que revise bien. Estoy segura de que algo de ella está en su acervo.

—Sólo que me que comunique con la directora, yo no puedo darle esa información. Tengo tres días en este trabajo, ¿podría esperar a que le llame por teléfono para preguntar? O bien, regrese un poco más tarde, después del almuerzo, de preferencia. Ella está en una reunión, ¿conoce nuestro campus?

—Como le dije, acabo de llegar de Moscú.

—Ah, ya veo —añadió la rubia mirando de arriba abajo a Ariadna con mucha curiosidad—. Por eso mismo, debería pasear por nuestras instalaciones. Le puedo hacer una cita para las tres de la tarde con Sonja Brauime, mi jefa.

—¿Cómo dijo?, ¿una cita a las tres? Perdone, hace mucho tiempo que no hablo alemán.

—Ha entendido bien. La esperamos a esa hora.

Resignada, se encaminó a la salida. Los prados del campus eran hermosos, cierto. Había un pequeño lago que dos cisnes cruzaban con la misma parsimonia de un par de poetas. Faltaban más de dos horas para encontrarse con la profesional que podría darle noticas de los ansiados documentos. Trató de avanzar en el libro que llevaba en su bolso, *El erotismo*, de Lou Andreas-Salomé, pero la incomodó la excesiva luz del mediodía en esos jardines. Se levantó en busca de una banca debajo de un álamo emplumado que había visto camino a la biblioteca. Permaneció ahí varios minutos reflexionando sobre las ideas de la psicoanalista. Pasadas más de quince páginas, se dirigió a la cafetería.

El bullicio de los alumnos, apenas entró, la entusiasmó. Esa atmósfera juvenil, agitada, llena de hormonas y vida, le abrió el apetito. Hizo fila como todos y colmó su bandeja de sopa, pan, potaje de carne y verduras. El precio era cómodo. Como llegó a la hora crítica, descubrió que no había asientos en esa sala que, para ser el comedor central, le pareció algo angosta. Recorrió con la mirada los pasillos de las mesas y halló, en la última de la esquina derecha, una sola silla vacía. Un hombre, de espaldas, ingería sus alimentos junto a ese sitio que Ariadna debía apurarse a tomar. Procedió sin más. En cuanto colocó su comida sobre esa mesa, la recibió una sonrisa franca. Era Gunnar, que de inmediato se puso de pie y señaló con la mano el asiento.

—Vuelvo a encontrarla. Qué alegría.

—Por favor, joven, siéntese —dijo Ariadna Efron con las mejillas sonrosadas.

—Después de usted... Gunnar Weiz —volvió a extender la mano, pero notó que la tenía con un poco de grasa de cordero y antes la limpió con una inmaculada servilleta—. Lo siento, Gunnar Weiz, a sus órdenes.

—Natalia Astrov —se presentó.

—Es usted rusa, supongo, por su fenotipo y el nombre.

—Perdón, ¿fenotipo?

—*Vous préférez que nous parlions français?* —preguntó con irreprochable acento.

—¿Cómo sabe que hablo ese idioma? —contestó Ariadna con otra pregunta, en francés.

A partir de ese momento, la lengua romance los uniría literalmente. Ambos se sentirían más cómodos hablándose con las palabras que les habían enseñado sus respectivas madres.

—El tren, ¿recuerda?

—No hablé con nadie durante el viaje, que yo recuerde.

—El libro que iba leyendo está en francés.

—Ah, ¿se refiere a éste? —lo extrajo de su bolso y se lo mostró algo emocionada. Luego se arrepentiría de aquel arrebato adolescente que, dado el título de la obra (*El erotimso*), parecía una insinuación.

—En efecto.

—Ah.

—Podemos conversar al mismo tiempo que come, no me gustaría que se le enfriaran sus alimentos —recomendó Gunnar con esa sonrisa involuntaria que no conseguía encoger en su rostro y que lo turbó por primera vez al mirar de cerca, y con más tiempo, los inmensos ojos verdes de Ariadna.

—Tiene razón, mejor lo escucho y converso menos —corrigió.

—No quise decir eso. Al contrario, agradezco al azar haberla reencontrado. ¿Qué la trae por aquí, es usted profesora?

—No, me dedico a la traducción. Vine en busca de unos archivos —mencionó luego de un bocado del potaje que, en efecto, se había enfriado.

—Claro, si es rusa, habla alemán y un excelente francés, tendría que dedicarse a ello.

—¿Qué hay de usted?, ¿aquí estudia?

—Vaya broma, ¡por supuesto que no! Me gradué hace años, no muchos, pero ya no pienso regresar a la celda que es un salón de clases.

—Curioso, mi madre pensaba igual.

—Qué suerte, la mía no. Mi padre, mucho menos. Él es decano. Esta universidad es su vida.

Ariadna lo miró por primera vez con detenimiento. Era joven, sí, pero no tanto como pensó en el tren. Hablaba con ese aplomo que dan las experiencias que signan la conducta de los hombres cuando han andado suficientes caminos para perderse y encontrarse. Por otro lado, tenía influencias que, definitivamente, le podrían servir.

Ya no pudieron soltarse. La conversación los tomó igual que la corriente de un río de agua tibia cuya metáfora también les entraba por los ojos en esa ciudad. Sin embargo,

Sonja Brauime habría jurado, cuando los vio entrar en su oficina de la biblioteca, que eran viejos amigos, compinches de batalla en una guerra interminable. No le hizo fácil el asunto de los documentos a la rusa. No preguntó cuál era el interés de Natalia Astrov (no pudo decir su verdadero nombre en presencia de Gunnar) en esas carpetas. Sencillamente le informó que, para tener acceso a esos archivos clasificados, debía tener autorización del rector o de un decano. Sólo por la vía institucional interna se permitía tocar esos papeles. De hecho, la persona que los había dejado ahí, Yuri Ivask, junto con la propia Marina, acababa de morir hace poco. Si una sola de esas páginas tuviera que salir del acervo de la universidad, sería con permiso de algún familiar o conocido. Ariadna se arrepintió de haberse dejado escoltar hasta ese cubículo con Gunnar. Todo habría sido más sencillo si como Ariadna Efron hubiera conversado con Sonja. Pero el destino a veces no sabe hacer muy bien las cosas, complica los acontecimientos, tuerce las tramas. Ahora la traductora tendría que buscar, como un detective, a un pariente del finado Ivask para que la acompañara a extraer esa carpeta. O podría —¿por qué no?— solicitar la ayuda del decano. Tendría que conocerlo, volver a ese claustro varias veces, pero, sobre todo, convencer al joven de mirada dulce y sonrisa indomable para que intercediera por ella, una extranjera sin más patria que la literatura perdida de su madre. No sabía por qué la segunda opción le parecía asequible. No le molestó, de hecho, que la ruta para tener en sus manos los documentos de Marina se alargara. El chico le había caído bien. Su presencia era amable —literalmente— como el día más claro del deshielo.

27
Negro en negro

Agosto 27, 1939

Vinieron por Irina. Ella no entendía bien a bien lo que ocurría. Se quedó muda. Le pedí que hablara, quería escuchar su voz, quedarme con unas palabras suyas, con algo, con una esperanza, con una razón. La llevarán a un campo donde apenas sí se alimenta a quien pisa esos galerones con horarios infinitos y macabros, a esa oscuridad donde el hombre no es más que un animalejo de segunda, un desecho. No puedo más. Es la hora de la desesperación más grande. No creo que haya esperanza posible, nunca la hubo. Nadie merece la profundidad de este cataclismo. Vendrán por mí y por Serguéi no cabe duda.

Me es imposible dormir. Cada noche es una pesadilla en vela.

Agosto 28, 1939

Releo lo que ayer escribí con la misma angustia de hoy. Las trampas de la memoria son aves de mal agüero: he escrito Irina cuando quise decir Ariadna. Ruego porque su destino no sea el de su hermana.

Septiembre, 1939

Lo esperábamos, el cielo se rompería finalmente. Serguéi no opuso resistencia. Se dejó llevar tranquilo, sin pronunciar una sola frase o hacer preguntas. Sobre sus hombros cargaba la acusación de dos asesinatos, espionaje, una esposa poeta, una hija traductora y un hijo en edad de enrolarse. Sobre sus hombros, nuestras vidas. Sé que van a torturarlo.

Octubre, 1939

Serguéi aguantó lo que pudo sin enloquecer del todo. Me informan que no come, que los médicos diagnosticaron estrés postraumático. Lo medican para el corazón, para el insomnio. Pregunta por mí. Luego repite que van a matarme. Es todo lo que sé. Escribo cartas que ignoro si ponen en sus manos. No viviré, es cierto —sabe lo que dice—, sin él.

Noviembre, 1939

Corro de una prisión a otra. Hago fila por las mañanas rogando que me dejen ver a Serguéi. Por las tardes me asomo para intentar tener noticias de Ariadna antes de que la trasladen lejos. Mi esposo resiste. Es su mente lo que me preocupa. No estamos preparados para esta muerte, para este terror. Los días pasan veloces, son disparos que no cesan. El maltrato de la policía es atroz. Si a los familiares que vamos de visita nos torturan con una violencia verbal sin límites, no quiero ni pensar qué ocurre dentro. Ahora vivo en el fin del mundo y se repite constantemente.

Noviembre, 1939

Amenazan con llevarme. Si me detienen no podré hacer más. Por fin he conseguido alguna comunicación con Ariadna. Sí le llegaron mis cartas y alguno que otro alimento que me dieron por compasión los pocos amigos que me quedan. Pasternak entre ellos. Tiene razón, debo aceptar trasladarme a un *refugio* de intelectuales donde los asesinos de este gobierno nos controlan. Al menos durante unas semanas, para desviar la atención. He suplicado, llorado, exigido, pero me han sacado a patadas de las oficinas, me han empujado, me han advertido que correré la misma suerte que Serguéi y Alya.

Diciembre, 1939

Aunque en esta residencia de escritores en Golízino estoy cuidada, la cercanía con Moscú es dolorosa. Todas las noticias corren veloces: Ariadna resiste, Serguéi sigue vivo, Mur entrará pronto al ejército. Obtengo algún dinero de traducciones, muy poco. Es el turno de Federico García Lorca, su musicalidad —incluso en polaco— es un consuelo. Las fiestas las pasaré encerrada en este cuarto diminuto con la poesía de ese artista andaluz y el proyecto de otra edición de mi obra. Boris Pasternak y Arseni Tarkovski me han visitado. Intento mantenerme ocupada. He sentido varias veces que podría morir de angustia, que enloquecer sería bueno, que partir de este mundo sería una sanación.

Abril, 1940

Algunos se han atrevido a decir que soy valiente, que pese a la tragedia familiar que soporto, sigo en pie. Qué saben ellos, qué sabemos de los otros. Nadie es más temerosa que yo. Ahora le tengo pánico a mi mente —si es posible llamarle de esa forma— porque desde hace un año estoy buscando morir. Todo acaba siendo monstruoso y horrible. Yo, que quise ser; yo, que escribí, sólo logré asesinar mi vida. Me temo, me repudio. No puedo salvar lo irremediable.

Junio, 1940

De vuelta a Moscú, donde llega más rápido la información. Me he enterado de que ahora no le pasan mis cartas a Ariadna, así que sólo tengo breves informes de su salud. No hay novedades. Por su parte, Mur continúa en el Ejército, no sé a qué frente lo han mandado. Rezo por los dos, rezo con toda la fuerza de mi infancia, con toda la fuerza de lo que he soñado, con mi sangre y mis cordilleras, rezo.

Septiembre, 1940

Hoy volví a rendirme. Fue después de una crisis. No podía parar de llorar. Grité. Me destrocé las manos dando puñetazos en los muros de un edificio. Dos extraños llegaron a auxiliarme. No sabían quién soy, naturalmente. Corre el rumor de que volverán las purgas. Da igual. Me han mutilado.

Noviembre, 1940

Suplico por que me den trabajo —un mendrugo de trabajo. Haré lo que sea— limpiaré, plancharé, pero ni como lavaplatos me reciben. Cierran la puerta apenas me aproximo. Unos ríen, otros me escupen.

Febrero, 1941

¿Cómo hacerlo? Debo encontrar una manera rápida, eficaz.

Marzo, 1941

Se está acabando. Lo sé. Mi voz se extingue como el deseo de esperar noticias. Me aterra que lleguen, pero la incertidumbre también corroe el alma. Se lo vengo diciendo a Pasternak. Pero ya es un témpano. No sé si escucha. Trata de resolver lo nimio, por ejemplo, si tengo mi equipaje en buen estado. No puedo olvidar cómo amarraba mis maletas con esas largas correas de cuero antes de salir rumbo a Golízino. Flaco, alto y demacrado por el estrés, por las presiones, anudaba con fuerza. No decía más. Y pensar que cada una de sus cartas, incluso los sobres, los atesoré.

28
Abrigo desgastado

LUEGO DE AQUELLA PRIMERA ENTREVISTA EN LA UNIVERSIDAD, se vieron en otras ocasiones. Habían transcurrido casi dos semanas, pero para ambos el tiempo ya era relativo. Descubrieron coincidencias más allá de las lecturas. Iban despacio, mantenían esa distancia cada vez más incómoda entre la gente que se atrae, el magnetismo de los cuerpos que se rozan sin intención, las gentilezas y la generosidad que van abriendo una vida a la del otro sin que ninguno se percate muy bien de cómo ocurre. Para Ariadna cada vez era más difícil mentir. Consideraba aquel embuste sobre su identidad una pérdida de honor y, sobre todo, de tiempo. Estaba decidida a contarle la verdad una vez que encontrara el instante preciso. Tal vez así se ahorraría el amargo trance de dar giros inútiles. Sin embargo, ella misma sembró el obstáculo en la biblioteca y si su objetivo era obtener esos papeles, debía hacer algo para no seguir gastando también sus recursos económicos. Buscó a un descendiente de Yuri Ivask, pero no encontró a nadie en Basilea que le diera razón de esa familia. Echó mano de guías telefónicas y preguntó en cafés, librerías, etcétera. Gunnar la acompañó dos o tres veces hasta que salió de él esta oferta:

—Natalia, creo que es hora de que hablemos con mi padre —recomendó con una familiaridad creciente entre ambos.

—¿Perdón?

—Sé que suena algo extraño, pero todos estos días te he visto muy decidida en una búsqueda que, al menos en Suiza, no prosperará. Creo que mi padre, con sus influencias, podría ayudarte para que consultes esos documentos.

Natalia Astrov terminó su chocolate. Se encontraban en una *boulangerie* cuyo dueño, un parisino, estimaba a Gunnar desde que era párvulo y no alcanzaba las magdalenas del mostrador. El joven había llegado hasta ahí con la rusa que fingía no darse por enterada, pero ciertamente había comenzado a experimentar un temor de que aquello acabara como debía ser. ¿Cómo? Con el inconfundible silbato en el andén de una terminal ferroviaria, con el vacío de un juego que concluye a pesar de que los integrantes de cada equipo exigen, a su modo, una revancha. La vida no es una oficina de caprichos. Ariadna Efron lo tenía bastante claro, luego de una historia de inviernos cotidianos. Weiz, por su parte, aún tomaba lo que quería. Educado en los mejores colegios, asombró a su compañera con la caballerosidad típica de su clase. Era un hombre mimado, sí, con el privilegio de haber gozado de cualquier bonanza. Ella lo sabía. La ropa, el reloj, los zapatos lustrados; la conversación que acusaba una cultura superior a la del resto, así como algunas aventuras que relató en distintos confines del mundo, le recordó el *habitus* de sus abuelos maternos, o el de los amigos nobles de su madre, cuando frecuentaban tertulias en Moscú antes de que la corriente revolucionaria acabara con todo. Se había inventado una vida con retazos de memorias de esa gente. Le relató a Gunnar algunas anécdotas de Marina cuando era niña y pasaba sus veranos en ese país junto con Anastasia, la hermana celosa, pero noble, de quien no tenía noticia desde su encierro en el gulag. Lo que más le atraía de ese joven no era sólo la novedad que significaba, sino que era un lector voraz, omnívoro en sus elecciones, curioso en todas las áreas del conocimiento. Lo mismo podía hablarle de una última estrella descubierta, que de los progresos de la medicina, pasando por las expediciones arqueológicas en Egipto o un nuevo elemento químico que ponía en crisis otros apotegmas. Además, el resplandor de esa mente cansada de leer y ansiosa por vivir, le fascinó por completo. Muchas veces sintió el mismo impulso en el gulag. Imposibilitada para buscar otros paisajes, los inventó escribiendo. Ahora estaba ahí, frente a una última chance del destino. No quería otro adiós de tren, llanto y pañuelos inútiles. Práctica, gélida en algunas formas, que Gunnar notó con azoro, descreía del amor romántico. Lo cierto es que prefería imaginar en el cuarto de su hotel otro desenlace para esa historia que, en contra de las circunstancias, un hado divertido se empeñaba en escribir.

Fijaron la cita para un jueves. Cenarían a eso de las seis treinta de la tarde en la residencia de los Weiz. Hacía siete años del deceso de la madre de Gunnar, lo que había ensombrecido para siempre el carácter del decano Herman

Weiz. Famoso por su actitud conciliadora en el medio académico, la viudez y los años lo orillaban a una jubilación en completa soledad, circunstancias que lo volvieron un ser distante, parco, taciturno en la mejor de sus versiones. Los continuos viajes para revisar los negocios de la familia que Gunnar emprendía, tenían también el objeto de escapar de la mirada desaprobatoria, del dolor y la charla siempre nostálgica de ese hombre que no soportaba el silencio de su hogar. Así que no perdía ocasión de recordarle a su hijo que era hora de que sentara cabeza y le diera nietos para que el decorado oscuro se transformara en la alegría infantil de otra generación. De ahí que cuando Gunnar le contó que llevaría a una amiga a cenar, respiró aliviado. Tal vez los tiempos que añoraba estarían por cumplirse.

La decepción fue tremenda. El decano vio llegar en el recibidor a una mujer que rebasaba la edad de su hijo. Ese día, una lluvia copiosa alteró la reciente primavera. La temperatura bajó y por eso, Natalia Astrov llevaba un desgastado abrigo de piel (el único de su equipaje, obsequio de Olga) que Gunnar guardó en el armario de las visitas sin sentir repulsión. Los guantes también eran una calamidad, no hacían juego con la tela ni el color del vestido incapaz de dar forma acinturada o de ser generoso en las caderas. En conclusión, una mujer que, salvo por los ojos y los labios, era común y corriente, incluso algo fea por la juventud perdida. Para colmo, su alemán no era impecable. Por cortesía, hablaron en francés toda la noche y eso, al decano, lo desgastó aún más. De inmediato descubrió que era una mujer culta. No pertenecía a ninguna familia soviética de la que tuviera conocimiento y tuvo un agudo interés por enterarse qué opinaba ella de todo aquel alboroto político de los últimos años:

—No me atrevería a opinar sobre un asunto tan sensible. Mi familia salió de Moscú apenas se inició la revuelta (verdad), y luego nos afincamos en Praga hasta que Stalin murió (mentira a medias).

—Su checo debe ser impecable. Estamos hablando entonces de que es su segunda lengua.

Ariadna sudó. Temía que el académico confirmara esa historia hablándole en dicho idioma de buenas a primeras. Ariadna no hablaba checo, sólo algunas palabras, las necesarias para sobrevivir. Alguna vez su nivel pudo ser intermedio; había pasado una larga temporada con su madre en esa ciudad en espera de Serguéi, pero los años en el gulag devastaron la memoria de esa lengua. Afortunadamente, el decano tampoco la sabía. Se dio cuenta por la pausa que hizo, porque luego se refirió a su pésimo ruso:

—El ruso, debe saberlo, es una de las lenguas más difíciles con las que me he topado. La existencia de otro alfabeto que se parece en nada al que manejamos, es más que un desafío —apostilló el anciano terminando su copa de vino rojo, algo frío por la humedad del clima.

—Los idiomas son como pasos de baile, hay que entender su ritmo, su compás. Pero está usted en lo cierto, profesor, mi idioma nativo puede desconcertar a cualquiera —respondió Natalia.

—Nos ha dado una hermosa respuesta. Ahora entiendo por qué traduce a poetas de su país y de otros. Pero, perdóneme que insista, hasta donde sé, los mejores han sido perseguidos. Lo que le han hecho a Boris Pasternak, por ejemplo, es un atentado a la libertad. ¿Lo conoce?

—Tengo el honor de haberlo llevado al francés, sí; por desgracia, no lo conozco. El territorio de la Unión Soviética es muy amplio. Vivir en una provincia es como estar en otro país —explicó Natalia, aunque Ariadna tenía ganas de responder: "Sí, lo conozco, lo quiero, lo sé en una terrible situación, bajo un cuasi arresto político. Entiendo, incluso, cómo se siente. Me he escrito durante años con él cuando estaba presa en dos gulags… sí, escuchó bien, dos. Llegué a sentir que estaba enamorada. Me dolió la distancia que impuso por nuestro bien y el de la persecución que no deja de perseguir. Es mi maestro, mi cómplice. No sé qué haré cuando muera".

La conversación se prolongó. El anciano no dejaba de observar los ojos de su interlocutora y, desaprobatoriamente, esas uñas que no parecían ser de mujer: cortas, mal limadas, con venas que saltaba en la delgadez de la piel que revelaba la edad. Natalia entendió a los cinco minutos de su llegada que no contaría con el apoyo de ese hombre, pues no pudo ocultar su decepción al saludarla. Trató de ser lo más educada que pudo, recordó las comidas con el príncipe amigo de su madre, con su abuela a la que nunca le hizo falta nada y todos aquellos prejuicios sobre la forma en que tenía que conducirse una mujer con estilo, clásica, elegante. Pero hacía años que no leía una revista femenina, ni le importaba. Gunnar lo sospechaba y eso le encantó. No era superficial. Él era, en todo caso, el frívolo, el que pasaba largas horas con el sastre.

Una vez que Ariadna se retiró en el taxi que le solicitaron, lo cual la hizo sentirse como un personaje de las novelas más modernas de las que sí tenía noticia, Herman Weiz no tardó en reprender a Gunnar:

—Esa mujer es, mínimo, diez años mayor que tú, ¿qué estás pensando? No te dará hijos. Por cierto, no cuentes con mi apoyo para facilitar su acceso a la documentación que busca. No voy a poner en riesgo mi reputación para ayudar a una extranjera que está de paso en nuestras vidas.

29
Decadencia, luz y ciudad

Gunnar encontró terroríficos los juicios de su padre. No inició una disputa porque ya había tomado la decisión de seguir viendo a Natalia por encima de cualquier opinión. No era la primera vez que desaprobaba a sus novias. Así que se fue a dormir pensando en los ojos abismales de esa mujer que tanto lo intrigaba. Ella, por su parte, llegó a la pensión convencida de no haber causado una buena impresión. Le habría gustado contarse otra historia, pero fue evidente el rechazo por más que el rector se deshizo en gentilezas impostadas. Por esa razón no podía conciliar el sueño. Entendió que no se concretaría la ayuda para tener acceso a la carpeta de su madre. Repasó las opciones que tenía y el dinero que le quedaba. Cuando mucho, podría aguantar dos semanas más y tendría que volver, arriesgándose de nuevo, a Moscú. Le pediría hospedaje a Olga, sólo por unos días. Estaba llegando la hora de afincar, de echar raíz, por débil que fuera, para concentrarse en la única misión que le importaba. Lo de Gunnar no podía ser, más le valía no complicarse.

Despertó ese viernes con una tristeza debajo de los ojos que la sorprendió en el espejo del baño. Descubrió el paso el tiempo en las ojeras, las líneas de expresión en la frente y las comisuras de sus labios. Se lamentó con un enojo que duraba mientras el agua caliente caía sobre su cuerpo cansado. Era delgada aún y eso que había recuperado varios kilos viviendo con Olga. Todavía algo molesta porque los años en el gulag la volvieron arisca y desconfiada, negada a cualquier tentativa de coqueteo, que con Gunnar trató de esquivar cuanto pudo.

Se vistió pensando en él. Sacó del equipaje un vestido ligero que su amiga se compró en París, en una de esas giras posibles antes de que la Revolución de octubre se llevara el eco de las libertades que, en el resto de Europa, se pronunciaban en el mundo del arte como mera forma de protesta frente a los conflictos bélicos. La prenda era vieja, pero clásica: amapolas medianas sobre un fondo blanco. Corte recto, acinturado, con manga corta y cuello redondo. Se secó el cabello que seguía siendo de tonalidades caobas. No tenía idea de qué iba a hacer después del desayuno, más allá de terminar algún libro y llenar su propio cuaderno al que aún no le encontraba dedicatoria. O eso creía. Se maquilló un poco. Quería traicionar la imagen que encontró en el espejo recién abrió los ojos. Se disponía a salir en busca de un café y uno de esos panecillos que sólo ahí preparaban con canela y pasas, cuando escuchó que tocaban la puerta. Su primera reacción fue negarse a abrir, pero la insistencia la obligó a levantarse de peor humor.

Era él. Quizá se habían vuelto telépatas o algo por estilo, porque no pronunciaron ninguna palabra. Ella besó a Gunnar Weiz despacio, mientras lo atraía hacia dentro de la habitación. Pero el ritmo de sus caricias se aceleró con el brusco ruido de la puerta al cerrarse. Se desvistieron con desesperación. Los botones de la camisa de lino y el cierre del vestido veraniego no facilitaron las cosas. Las manos de él eran rápidas. A ella le agradó que supiera dónde tocarla sin consideraciones. Correspondió dejándose hacer y con una sincronía perfecta de movimientos corporales en la que ningún *tempo* se adelantaba o quedaba atrás. Lo hacían igual que conversaban, desde la profundidad de un deseo incansable que abolía el decorado del mundo. Cuando la penetró, Ariadna cerró los ojos y sintió el alivio de su humedad desbordante y de la verdad que sí podía decirle con sus piernas y su mente abierta a lo que el instinto le dictaba. Sólo dejaba de besarlo para tomar la cantidad exacta de oxígeno que no le dañara el corazón, padecimiento que había olvidado por completo. El orgasmo se repitió con largos gemidos que ninguno trató de controlar. Esas bocas que hablaron de todo durante días, se comunicaban sin saciarse del único modo que hacía falta: mediante la corriente de una sola saliva que los endulzó semanas enteras en diversos puntos de Europa.

Ariadna había vuelto a la vida, aunque el éxtasis que experimentaba con Gunnar se veía ligeramente empañado, sólo un poco, casi nada, por la existencia de Natalia Astrov; porque sintiéndose más viva que nunca, se sabía en las garras de su propio personaje.

Eran las cinco de la tarde cuando salieron, finalmente, de la habitación. Se escuchaba la corriente del Rin como una canción orquestada por la última lluvia de esa primavera atípica. Iban tomados de la mano y ella se ruborizó al darse cuenta de lo que estaba ocurriéndole. Aunque Gunnar había acabado tres veces afuera, Ariadna sintió un grueso hilo líquido que escurrió desde su entraña. Ni con Samuil había experimentado tal goce, y eso que ella creía conocer el amor sembrado en el placer sin fronteras de ninguna especie. Comieron en la panadería del inicio. Incluso pidieron, de postre, la bebida de la primera vez. Descubrieron, por esa razón, que eran una pareja de rituales; un par que gustaba de encontrar significados incluso en el viento que mecía la caída de las hojas de un sauce.

—Vámonos —le dijo.

Ella asintió sin tener la mínima idea de a dónde ni cuándo.

Gunnar pretextó un asunto de negocios en casa de su padre. Las inversiones en París debían ser supervisadas, se hacía urgente un viaje para saludar a otros banqueros y tramar la venta de dos terrenos que tenían en Chantilly. El rector le dio su visto bueno pensando que el joven se alejaba de Suiza y de Natalia Astrov. Nada más falso. Gunnar se la llevaría como el caballero que se rapta a la dama en apuros, no sin antes falsificar la firma de su padre —como había hecho tantas veces desde que era menor de edad— en un documento dirigido a la bibliotecaria, el cual indicaba que se le brindaran a la señorita Astrov "amplias y plenas facultades para consultar, de manera irrestricta (expresión tan propia del decano Weiz), los documentos que componen el expediente 882.TMI-1939.02", esto es, cualquier documento relacionado con Tsvetáieva, Marina Ivanovna.

Antes de dejar Basilea, pasaron a la universidad y salieron de ahí alegres, uno contagiado por la felicidad de la otra, como dos niños que comenten el crimen perfecto... Imagen que no estaba lejos de la verdad. Ariadna reconoció de inmediato esa letra redonda, apretada, en un cuaderno que contenía algunas páginas amarillentas, mecanografiadas casi sin errores. Eran cartas para Serguéi y Rilke, que la poeta no alcanzó a enviar o guardó como borradores. La primogénita no quiso detenerse en la lectura de estos documentos sino hasta llegar a París. No quería alejarse de la felicidad de ese trayecto, de las bromas inocentes de Gunnar, de la imitación que hizo de Sonja al leer el oficio donde el rector le solicitaba facilitar a Natalia Astrov cualquier documento que requiriera "de manera irrestricta", y fingía entonces la voz del decano, instruyendo a Sonja Brauime. El plan era que Ariadna lo copiara y su amante lo devolviera al regresar de ese viaje. No quería programar otro futuro. No se hacía preguntas ni prometía eternidades. No estaba en condiciones de hacerlo porque aún mentía en relación con su identidad, su procedencia. Fue él quien comenzó a edificar los sueños típicos de la gente enamorada y ella se veía hábil cambiando el rumbo de la conversación. La emocionaba volver a París, la ciudad donde pasó gran parte de su adolescencia. Le habría gustado decírselo a Gunnar, pedirle que la llevara a los barrios tristes y pobres que la vieron crecer en medio de la miseria que suele abrazar a los escritores exiliados. En vez de ello, le comentó que había estado en

París sólo en dos ocasiones, que no conocía la ciudad a fondo, que sería un honor que él se la mostrara.

Pasearon primero por los Campos Elíseos. Las luces de la tarde parecían estallar sobre la superficie del Sena. Gunnar era un excelente guía, atento, educado. Ariadna estuvo a punto de contarle la verdad conmovida por la gentileza del muchacho. Poseedor de una amplia cultura, era francófilo. No omitía ningún detalle en lo referente a la arquitectura de la ciudad, sus pintores, escultores, etcétera. La traductora fingía asombro, aunque de vez en cuando hacía una pregunta que obligaba a su acompañante a precisar un dato que ella ignoraba. París no era el mismo lugar de los años veinte y los primeros treinta. La ocupación nazi alteró los vientos excesivamente libres de la luz nocturna en Pigalle y Montmartre, barrios que Ariadna encontró más tranquilos, incluso americanizados por la música, la moda, el avance del turismo que habitaba de otra manera ese epicentro cultural que inspiraba a cualquier artista. Los cafés seguían siendo templos para los intelectuales y sus tertulias cada vez más relajadas, sin las formas de antaño donde los clientes se sentaban a discutir perfectamente vestidos con corbatas de moño, mancuernillas, sombreros, guantes, tacones. Ahora el vestido era más informal, las chaquetas de cuero, los suéteres, las faldas y las blusas, los botines unisex, eran la indumentaria de los parroquianos en las terrazas. Ariadna no perdía detalle y pensaba que éste, éste no podía ser el mundo real, sino un sueño.

Cuatro o cinco décadas de vanguardias, una tras otra, habían desgastado el rostro de París, que envejecía con poca dignidad en sus discusiones cada vez más existencialistas.

Tal vez por eso Ariadna comprendió, una vez más, que la vida se le estaba yendo y se preguntó qué hacía ahí, gastando el dinero de un hombre que hacía apenas un mes era un completo extraño. Era… eran felices, lo sabía; pero la eminente caducidad de esa relación era una sombra indeleble. No podía darse el lujo de extraviar su objetivo. "Los sentimientos domestican", recordó haber escuchado esa idea en labios Marina. Luego, en alguna carta, Pasternak también haría referencia a ello. Ariadna no se quería enamorar y temía que fuera tarde para retroceder. La dulzura de la compañía de Gunnar era un regalo del azar y no se atrevía a devolvérselo. Sin embargo, trató de imitar a Lou Andreas-Salomé, es decir, tomó como trasunto la relación de ésta con Rilke quienes viajaron por Rusia durante meses, quedándose a dormir lo mismo en casas de campesinos que los alojaban en graneros, que en lujosos hoteles de San Petersburgo. Maestra y educando, sí, de eso se trataba todo aquello, de una aventura que consuela del dolor y la desgracia de existir. Ideas que iban a estar muy pronto en boga.

30
Traslado

Enero, 1941

Mur es mi lámpara sagrada, pero también un dolor que crece. Me culpa de su pobreza, de la soledad, de una vida que, según él, es pan podrido. Lo amo, es mi único varón, pero su carácter se ha ido violentando. Es un adolescente infeliz. No encuentra, como Ariadna, paz en los libros. No le gustan los versos. Es más bien activo, con suficiente energía como para patear una pelota durante horas interminables. Ruidoso, apenas hace amigos en un lugar, cuando ya tenemos que marcharnos en busca de otro alquiler más barato. Odia las despedidas. Extraña a su padre a quien apenas conoce. Lo más raro es que defiende a un país en el que ha estado pocas veces. La Unión Soviética es su pasión, no obstante, su francés es mejor que el ruso. Suelo corregirle algún acento, una palabra, y se molesta. Ayer me llamó traidora, aseguró que no tengo derecho a exigirle nada, que mis errores lo tienen lejos de lo que ama, del mundo que necesita conocer. Mur me está doliendo más que el amplio elenco de amantes, más que las hijas que tuve, más que mis padres y más que yo misma cuando no he perdido el rumbo.

Marzo, 1941

Es otra, no yo, la que habla con Pasternark. Lejos quedan los tiempos en los que le decía "¡Oh, Boris, Boris!" con toda la pasión absurda que alimenté como a una rata. Me convertí, también, en la araña que tejió su final. Mi amigo asegura que es cuestión de resistir. Sé que trasladaron a Alya al Norte. No volveré a verla. Nadie sabe del dolor, absolutamente nadie, como yo.

Junio, 1941

Porque le ofrecí mi ciudad con sus campanas, nos vimos sólo una vez. En el futuro, si es que algo de nosotras queda para entonces, tal vez digan que Ana Ajmátova y yo nos encontramos varias veces, y en cierto modo será verdad. Fue en un bosque, paseando, que anduvimos entre las hojas doradas de los cedros. Jamás había sentido la altura de los árboles quizá porque la estatura de la poeta me hizo volver a contemplarlos. Estaba frente a la señora más honda de las lágrimas. También es cierto que me iba recitando un réquiem y que yo fingía responder con los gestos naturales de una charla cualquiera. De lejos, nos vigilaban; sin embargo, me quedé prendada de los astros dolorosos de esos versos. Entonces la imagen de Moscú regresó a mí, la ciudad de las cien cúpulas y los cien vagabundos, la misma tierra que la Ajmátova toca y canta. El único problema con sus versos es la perfección.

Julio, 1941

Lo fusilaron al amanecer. Nuestra familia jamás volverá a estar junta. Serguéi Efron se lleva la parte más honda de mí en su mortaja.

Agosto 21, 1941

Desde la muerte de Serguéi todos los días son negros. Los nazis que nos siguen los talones, ahora hemos sido evacuados a Yelabuga, no lejos del río Kama. Avanzamos con nuestro equipaje en largas filas, dejando Moscú. No quiero ser la mujer de Lot. No me vuelvo para mirar. Sé lo que encontraría. Me concentro al frente, en mis maletas, en el largo lazo de cuero que me dio Boris para atarlas. Es piel hermosa, un trozo más de la belleza que podrá ver del mundo. "Nunca estuve hecha para esta vida", repito mientras avanzo. Me respondo, al mismo tiempo, que ya escribí todo cuanto podía. Será una muerta quien llegue a donde nos ubicarán, un espectro que camina, habla y observa el miedo.

31
Qué lástima

El viaje los unió más de la cuenta. Identificaron esas pequeñas idiosincrasias que sólo la intimidad va revelando. Por ejemplo, Gunnar no dormía sin antes beber un vaso de agua y conversar un poco. Ariadna necesitaba leer por las mañanas. Ambos, después del almuerzo, gustaban de caminar y extender la sobremesa. París, con sus plazas y barrios bohemios, coqueteaba muy bien con ese idilio. Fue hasta después de dos semanas que la intensidad del romance fue amainando. Gunnar debía revisar los negocios de su familia y Ariadna leer los papeles que le consiguieron en Basilea. Pero no podían despegarse. Sumidos en una luna de miel que no les borraba la sonrisa, pactaron darse espacio por las tardes, para que cada uno hiciera lo suyo antes de viajar a la provincia francesa.

Aún en su papel de Natalia Astrov, la cuarentona rusa insistió en que debía concentrarse en la carpeta, así que iría al Café de Flore donde esperaría a Gunnar para cenar. El joven estuvo de acuerdo. No quería volver a Suiza para enfrentar más conflictos con el padre, sobre todo luego de haber extraído los documentos de Marina con un oficio falso. Le encantaba, hay que decirlo, la serenidad de Ariadna, su madurez exenta de celos, presiones o reclamos de cualquier índole. Esa mujer confiaba en él, aunque más en ella misma. Así que se dejó llevar y esa tarde pactó sus citas con socios bancarios y posibles compradores de algunas propiedades de los Weiz.

Por primera vez Ariadna caminó sola por Saint-Germain desde que regresó a la Ciudad Luz. Pensó que sería una excursión feliz, que andar como el aire en ese sitio, luego de casi veinte años de confinamiento, le provocaría una dicha desbordada. Pero no, descubrió que sin Gunnar su propia historia, su presente y el futuro improbable carecían de significado. Se asustó. No obstante, las heridas del cautiverio seguían cicatrizando. Recordó la última vez que vio las aguas del Sena, en 1937. Tenía los ojos hartos de París. Estaba cansada de las disputas familiares, del nerviosismo de Marina, del aislamiento, de la miseria cada vez más honda en la que se sumergían llevando el equipaje de un cuarto a otro, donde la gente era cada vez más peligrosa: *clochards* famélicos, prostitutas malhumoradas, proxenetas con armas blancas en los bolsillos. En contraste, las noticias que llegaban de la Unión Soviética eran la de un universo aséptico, firme en sus ideas, justo en la repartición de los bienes, en la administración de los recursos gracias a un Estado protector y firme con las injusticias sociales de un pasado zarista que se recordaba tan podrido como el queso que Ariadna devoraba sobre un pedazo de pan negro y duro. Escapó de las privaciones de una vida de poeta porque, aunque ella también forjaba desde muy joven su poesía, no estaba segura de seguir sacrificando la existencia en nombre de palabras de las que, por puro sentido común, desconfiaba. A ella le gustaba la realidad. Marina la evitaba con todo su talento y la genialidad de un ensayo, un poema, que justificaban aquellas privaciones. Estaba, además, la figura idealizada del padre y de una Moscú mítica, amplia, suya como todo aquello que deseaba. Dejar Francia significaba independizarse de su madre, era un modo de arrancar, finalmente, el cordón que la asfixiaba.

Entró al café recordando la urgencia con la que salió de París. Se acomodó en una de las mesas de la terraza, cuya vista daba a la Torre Eiffel, "esa pastora de puentes", diría un caligrama de Apollinaire. Pidió un café cortado con leche y un *croissant*. Escuchó los murmullos de las conversaciones. Pensó que quizá no podría leer con calma, ese eco era insufrible. Pero se impuso la disciplina y dio inicio a la revisión de esas páginas amarillentas. No habría pasado ni media hora cuando un hombre alto, de frente amplia y ojos clarísimos, la abordó.

—¿Está ocupando esta silla? —preguntó tocando el respaldo de mimbre.

—No —respondió la rusa sin sacar los ojos de la carpeta.

—Qué lástima.

—¿Cómo dijo? —replicó Ariadna, cortante.

El francés no se dio por aludido.

—Vengo con otro amigo y como el café está lleno, nos hemos quedado sin un lugar donde sentarnos —comentó con una sonrisa amplia, tenía los dientes bien cuidados, un detalle poco común en esa época de humos, mares de café, lagos de vino; sin embargo, el nudo de la corbata colgaba.

—Tome las sillas... Déjeme una —agregó Ariadna—, espero a alguien.

—Qué lástima —volvió a lamentarse—. Gracias, tomo las dos. Me llamo Boris Vian —le extendió la mano.

—Encantada.

—Estaré aquí junto —señaló la mesa que un mesero acaba de arrastrar—, por si quiere unirse a nuestra conversación. Vengo con Albert Camus, de seguro ha escuchado hablar de él.

—Le agradezco la invitación pero, como verá, estoy ocupada. Trabajo en estos documentos.

—Qué lástima —se lamentó por tercera ocasión, pero esta vez añadió— y qué coincidencia: a mi amigo le gustan las cosas de intelectuales, las charlas sobre la filosofía de la existencia y el clima lo excitan.

Ariadna se perdió en el parloteo cadencioso del señor Vian. Pensó que era un embustero, muy agradable, aunque embustero al fin y al cabo. Fue entonces que Camus hizo su entrada triunfal, con un cigarrillo humeante pendiente del labio inferior, frotándose las manos húmedas. Vian se encogió de hombros y reiteró con un guiño:

—¿Ya ve? Hace cosas de intelectuales.

—¿Como lavarse las manos?

—Sin perder el cigarrillo, ¡es extraordinario!

—Habría que darle el Premio Nobel —bromeó espontáneamente Ariadna.

Entonces Camus la miró de reojo, sin comprender bien a bien qué sucedía, aunque no necesitaba el Nobel para entender qué entre su mesa y la de la mujer se libraba un combate de esgrima de ingenio. Boris se llevó ambas manos al corazón y, de espaldas a la mujer:

—*Touché!* —exclamó—. Tendrás que barrer mi corazón hecho pedazos.

—Qué lástima —masculló Camus, poniendo así punto final a la actuación de Vian.

Los escritores, acomodados muy cerca de la traductora, a veces elevaban la voz. Ariadna, quien continuaba en la revisión de los documentos, no pudo sustraerse a la charla de los intelectuales. El hombre de piel tostada, ceñudo y gabardina beige, disertaba hábilmente sobre el papel de la ideología en la conformación de los estados libres. Ella no estaba de acuerdo con todo lo que el filósofo dibujaba en el aire con su cigarrillo a guisa de estilográfica. Sintió ganas de intervenir. Vian presintió este impulso de Ariadna y, de mesa a mesa, la azuzó a gritos:

—Usted que no es francesa, ¿qué opina?

Un tanto incómoda por el atrevimiento de hablarle en voz alta y en esos términos, Ariadna dudó en responder. No obstante, se unió a la discusión. Habló de los campos de trabajo y respondió varias preguntas. Un mesero cejijunto acercó otra silla para que la extranjera acompañara, finalmente, a ese par de intelectuales; sin embargo, fueron ellos quienes terminaron acodados en la mesa de Ariadna, que por un instante se sentía como pensaba que su madre se sentiría entre pares, sin necesidad de ser una Tsvetáieva.

—¿Cómo es que está tan bien informada de lo que ocurre en un gulag? —la cuestionó Camus.

—Qué lástima que estando usted tan bien informado —reviró— espere una respuesta a semejante obviedad.

Camus, todo ojos y dientes apretados, escupió la colilla del cigarrillo. Entonces Vian, para salir del paso, introdujo un tópico que apasionaba a ambos desde los tiempos de *Combat*, el periódico donde se conocieron: el jazz. Habló largamente de ese género mientras tosía de cuando en cuando. La enfermedad se había instalado en sus pulmones, por eso había buscado la terraza, quería alejarse cuanto fuera posible de aquellas amplias nubes de humo que exhalaba su viejo amigo. La charla se extendió casi dos horas.

Gunnar se sorprendió al encontrar a Natalia en plena discusión sobre hasta qué punto los traductores traicionaban, o no, las obras que les confiaban. Sabía, o al menos sospechaba, quién era cada uno de estos caballeros. A Albert Camus lo reconoció no sólo por los diarios, sino porque el decano Weiz deploraba su filosofía "carente de supremos ideales"; en cambio al otro recordaba haberlo visto recientemente, tal vez en el cine o en la televisión del hotel, no con Natalia, sino con Fiona colgada de su brazo, años atrás, y a la imagen del recuerdo le puso la música de una cancioncilla muy popular entonces:

—*Monsieur le Président, je vous fais une lettre... Larailarairá...* —entonó suavemente, hasta que la melodía se perdió entre sus labios sonrientes—. Gunnar Weiz; la *madame* viene conmigo —expresó tocando con una mano el cabello de Ariadna y con la otra saludando a los franceses.

El gesto de Vian fue de la infatuación al desencanto:

—Qué lástima —musitó, pero Weiz no dio acuse de recibo.

Los cuatro bebieron un último café antes de que sucediera lo que a continuación se narra, torciendo la historia de la pareja enamorada, y es que a punto de despedirse hizo acto de aparición Ancel Berger, rengueando. La identificó enseguida. Se aproximó a esa mesa con el cabello rosa *clown* que brillaba bajo la luz oblicua de la tarde. Sin dilaciones, con la voz temblorosa y en alto, exclamó dramáticamente:

—¡Ariadna Sergueievna Efron, qué alegría encontrarla en París!

32
Todo era oscuro

Agosto 21, 1941

Mur, te hablo a ti primero:
perdóname.

Nunca pude comprar el juguete que querías ni llevarte en la hora exacta a Rusia. Las últimas veces peleábamos y me veía en ti, en tu necedad, en tu cabello revuelto de cobre opaco. No debiste andar de un cuarto sucio a otro, siguiendo a tu madre en un exilio eterno y caprichoso.

Fui una mujer con la que jugabas poco, con quien nunca hablabas en medio de libros que no abrías. Si hubiera respetado tus gustos, tu necesidad de estirar las piernas y correr hasta que se te acabara el aire fresco de las montañas; si te hubiera besado en vez de escribir en cuadernos que nadie leerá. Elegí el sacrilegio, abandoné muy temprano el paraíso. Quise instalarme en el comienzo del Génesis, cuando todo era oscuro; no fue posible, así que me consagré al verbo. Me mirabas en trance, extrañado al inicio, pero con los años, cuando notaste lo inútil de esa hipnosis, te pusiste en contra de toda poesía. Lo entiendo, lo perdono.

Quizá tenías razón, presentiste que nada bueno vendría de las rutas desesperadas que transité cargándote, llevándote de la mano, mojándote en té la única pieza de pan que te daba. Por fortuna naciste fuerte, la parte eslava que llevas en la sangre te permitió resistir hasta que por tu propio pie te marchaste. Ariadna hizo igual. Hace meses que no sé de ella. Debería disculparme también. No habrá regreso cuando termine esta carta. La última, en la que amo sin error, sin depositar mi energía en un objeto prohibido o lo suficientemente lejano como para dejarme exhausta, sin fuerzas. Sin embargo, ustedes eran la fuente de un poder que reconocí muy tarde. He ahí la equivocación monumental: la más grande tragedia que enfrenté.

Los amores y las traiciones de las que me acusabas eran fugas. Las necesité para evadirme, ergo, escribir; para ser, para afirmarme más allá de la mísera y delgada mujer que había perdido a una hija, que no era capaz de darse, de entender la maternidad y el sacrificio. Lo resentiste, no eras tu padre, eras mi versión masculina en lo que toca al temperamento.

No sufriré. Seré exacta. Peor sería continuar y ver lo que imagino. Peor sería esperar la tortura, la humillación. Sé que harían una misa negra con mi cuerpo, con mi obra. Es suficiente con todas las pesadillas que he confirmado en las últimas fechas. Yelabuga es el fin.

Te adoro, Giorgi, no supe cómo decirlo en un idioma que te convenciera. Lo sabrás cuando el silencio majestuoso reine entre los dos. Cuando en la hierba de las montañas me busques. Te acariciaré entonces. Viajaré finalmente libre en el viento.

Deseo que me entierren en Tarusa, en el cementerio de Jlisten, bajo un árbol de saúco en una de las tumbas con una paloma de plata allí donde crecen las más rojas fresas salvajes de nuestros campos. Si no es posible, si no puedo yacer allí, me deben poner en las colinas por las que las Kirilovnas venían hasta nuestra casa en Pesochnoie y nosotros íbamos a la de ellas en Tarusa, una piedra de la cantera de Tarusa: aquí quiso descansar Marina Tsvetáieva.

33
Mein Kampf

Lo primero que vino a su mente: fingir no conocer al anciano, pero era tarde porque se le adelantó abrazándola ante ese grupo de escritores:

—¡Sabía que nos volveríamos a encontrar, Ariadna Efron! Aunque ya no pasó por otros borradores que encontré de Marina en mi biblioteca, ya sabe, todo un desorden ese lugar —explicó emocionado, mirando con la espesa gelatina de los iris a Ariadna, que permanecía muda, con una sonrisa de medio lado—. Qué joyas, debe verlos cuanto antes.

—Disculpe, caballero, está confundido, el nombre de la *madame* es Natalia Astrov —intervino Gunnar. Temblaba, pero sabía disimular muy bien su estupor.

—¡De ninguna manera! —insistió casi a gritos—. Hace menos de un mes nos encontramos en Berlín. Dígale, Ariadna, dígale que es hija de la enorme poeta Marina Tsvetáieva.

Ariadna se levantó disculpándose. Le pidió a Gunnar que le concediera unos minutos. Tomó al viejo de la mano y se dirigió con él a la puerta de salida. Vian y Camus —qué lástima— se retiraron discretamente, pretextando una reunión en La Concorde con otros colegas. El joven suizo, mientras esperaba a la traductora, pidió un güisqui. Hay momentos en la vida en que nadie debe pensar sobrio.

El alemán y la rusa hablaron de pie. Los clientes iban y venían. Mientras ella trataba de convencer al anciano de que se fuera, vio cómo los filósofos salían del café sin volverse a mirarla. Precaución pura, pensó. "Venimos de años de espías, de tiempos que ellos también habrán padecido". Ancel accedió a su petición, pero a cambio le exigió verla en su hotel. Se hospedaba en el Ritz, había logrado vender su librería y estaba de viaje en Francia para distraer a la muerte.

—Me ronda, es una maldita —dijo—. Me ronda, pero me preserva, Ariadna. He estado enfermo, la vejez es una catástrofe. Lamento si le he causado algún inconveniente... Es que mentir es un enredo. Tenga cuidado, ya ha sufrido mucho. Pase a verme, tengo otros papeles de su madre. Si necesita ayuda, estaré unos días más en París. Llame —casi suplicó.

Se abrochó el saco de pana azul marino, un tanto sucio, y se despidió rengueando.

—¿Me lo explicarás todo? —preguntó Gunnar apenas Ariadna volvió a la mesa. Estaba calmado. Miraba con interés los hielos sobrevivientes de su vaso vacío.

—Gunnar, creo que no debemos hablar aquí.

—De acuerdo.

Caminaron en silencio hasta que llegaron a la habitación del hotel, cerca del Barrio Latino, donde se alojaban.

—Como te imaginarás, es una historia con muchos recovecos —susurró Ariadna soltándose el cabello que llevaba recogido y sentándose en el sillón junto a la ventana de la suite. Respiró hondo tratando de contener el llanto.

—Si vas a sufrir con tu relato, no lo cuentes —anunció el suizo acercándosele para unirse a ella en un abrazo.

—Perdóname —bajó la cabeza—. Es complicado y... tan simple.

—Algo sospechaba. No te sientas mal, te lo ruego. Sabía que algo llevabas oculto, una carga, un gran pesar; no me importó, desde que te vi en Basilea. Te amo, Natalia o Ariadna, o como sea que te llames, hayas hecho lo que hayas hecho. Escucharé con atención. No te condenaré. No te juzgaré. Sé que no es una historia donde la culpable seas tú. Confío en mi intuición y siento que te conozco de siempre, me aferraré a ello. Por ahora tenemos tiempo, mañana nos vamos a Chantilly. Sigamos con nuestros planes. No permitamos que esto nos detenga. Quiero estar contigo —le pidió sin soltarla, temeroso de que al revelar su verdad, decidiera apartarse de él.

La besó y le limpió delicadamente el llanto que no cesaba de fluir en el rostro de esa mujer que, por fin, era ella misma.

—También te amo, Gunnar.

Hablaron hasta la madrugada. Bebieron una botella *champagne*. Cenaron en ese cuarto que se convirtió, de pronto, en el único cielo que Ariadna Efron había pisado en la tierra.

Veinticuatro horas más tarde visitaron a Ancel Berger en el Ritz. El amplio salón donde almorzaban, los candelabros, las sillas estilo Luis XIV, afrentaron un poco a la rusa que no dudó en expresarse:

—Perdón, pero este lujo me resulta ofensivo.

—Comprendo, querida, pero uno de mis sueños antes de morir era despertar en una de las habitaciones de este sitio, mirar desde la ventana la Torre Eiffel, desayunar con un café bien cargado y leer el periódico. Hace algún tiempo, durante la ocupación nazi, pensé que eso ya no sería posible, que Francia se había acabado para siempre —argumentó el pelirrojo llevándose a los labios una taza de fina porcelana francesa que tenía dibujado el paisaje del Valle de Loira.

—Sí, fueron años duros, *monsieur*, todos pensamos que el mapa de Europa no volvería a ser el mismo. Celebro que no, pero entiendo muy bien a Natalia, perdón, a Ariadna. Ningún extremo de ninguna praxis política resulta benéfico para nuestras sociedades. Me atrevo a decir que ni para el alma —terció Gunnar.

—Yo no lo sé, cariño. Lo único es que aún en el horror siberiano, un libro o una conversación podían salvarte la vida —agregó la única mujer de esa mesa, mientras un mesero perfectamente peinado y planchado, servía caracoles negros en un platón brillante.

Ancel dio un giro en la conversación. Indiscreto como solía ser, y preguntó a la pareja hacia dónde se dirigían, qué hacían en París. Los dos enamorados rieron ante la insistencia de su acompañante y se besaron delante de él como única respuesta.

—Alya, hermosa, si Marina, mi hermosa cómplice, mi confidente, viviera, estaría feliz de verte… ¿podemos tutearnos? Estaría feliz de verte tan bien acompañada —aplaudió con sus manos venosas, con pecas desteñidas y lunares rojos.

—Gracias, Ancel. Sé que fue un gran apoyo para mi madre recién llegó a Berlín. No olvidaré que me proporcionaste ese cuaderno. Es todo un libro, ¿lo sabes?

—Queridísima, todo lo que su madre escribió es digno de leerse, de traducirse, de publicarse. Me arrepiento de no haberla ayudado para que esos diarios salieran a la luz, pero como te dije, eran tiempos difíciles, por calificarlos de alguna manera. Tú ya la habías abandonado, pero una tarde vino a buscarme como desaforada. Yo estaba de paso en París y nos citamos, ¿casualidad?, el mismo día que la policía puso de cabeza su casa y la interrogaron durante horas... Al final la dejaron libre porque el intérprete de ruso estaba enfermo y no pudieron leer sus manuscritos, o algo así. Comenzaba a tener miedo de sí misma, de lo que escribía: "Haz lo que quieras con estos papeles, quémalos, guárdalos, pero no los publiques... Quédatelos". Y claro, me los quedé, porque ella no se atrevía a destruirlos.

Berger hizo una pausa. Ariadna no esperaba este relato, no sabía qué pensar.

—No entiendo —dijo finalmente.

—Lo único que debes entender es que, si la hubiera publicado, tal vez no estaría aquí, con ustedes, disfrutando de estos caracoles —Berger se justificó esgrimiendo la espátula de la mantequilla en la mano izquierda, la que menos lunares tenía—. En fin, aquellos papeles quedaron bajo resguardo entre las tapas de *Mein Kampf*... —y exclamó un débil "heil Hitler!" burlón; en los pliegues de su rostro se reveló un gesto pícaro, casi infantil, que derivó en explosiva carcajada.

Ariadna y Gunnar intercambiaron miradas de desconcierto. No estaban preparados para bromear con Hitler.

—Cuando el Ejército Rojo arrasó Berlín —continuó Berger, repuesto del ataque de risa—, tuve que ocultar el libro de Hitler… *heil!* Ni siquiera recordaba qué había entre sus páginas, hasta ahora, que vendí todo lo que había en mis libreros y me visitaste. No sé qué hubiera sido de estos inéditos de Marina Tsvetáieva si no apareces tú. Miento, sí sé…

—Qué afortunada eres de contar con amigos como el señor Berger —interrumpió Gunnar, temiendo que el relato del viejo se extendiera—. Si usted supiera lo que debimos hacer para recuperar parte de esos documentos en Suiza…

Ariadna entendió el descortés gesto de Gunnar y añadió, mientras le daba un último sorbo a una de las tres copas de cristal cortado que le habían servido:

—Sí, pero esa historia, Ancel, te la contaré por carta, luego. Ahora debemos irnos.

Se dieron un abrazo sincero en el vestíbulo del Ritz. Antes de despedirse, Berger mandó a uno de los botones por un bolso a su habitación. Se lo dio a Ariadna.

—Lee este cuaderno detenidamente, querida. Hay algo que te toca en esas páginas, pequeño cisne —fue la última frase de ese alemán que moriría apenas volvió a Berlín tres semanas más tarde.

Cambiaron la ruta. En vez de dirigirse de inmediato al norte, bajaron por toda Francia. Decidieron ver el Mediterráneo, que la Costa Azul fuera un marco invencible para esa historia cuyo desenlace se perfilaba dichoso. Gunnar y Ariadna no hacían más que hablar, reír, abrazarse en cada uno de los pueblos que iban bordeando. Fue él quien abrió la compuerta de una conversación quizás incómoda en un restaurante de Niza:

—No deja de sorprenderme la devoción con que te has dedicado a reunir y leer la obra de tu madre. Supongo que habrás encontrado mucho de ella que no sabías. Pero no sé, en realidad, qué tipo de relación tuvieron. Imagino que muy cercana, aunque no sueles hablar de su muerte. Jamás te has referido a la forma en cómo terminó. Hasta ahora no sé qué piensas de ello. No deseo obligarte, es que a veces me da la impresión de que has borrado ese asunto dejándote llevar por la obra. Es positivo, claro, no obstante…

—Lo único que puedo afirmar es que traducir y buscar nichos donde publiquen la obra de Marina es fundamental, sólo de ese modo valdrá la pena todo por lo que pasamos. Está lo del suicido, por supuesto, una palabra que no tengo miedo de pronunciar, aunque tenga mis dudas. Pasará un tiempo para que lo asimile. No hablo del tema porque aprendí a no manosear inútilmente las heridas. Con todo, una existencia entre valles y crestas, navegando por aguas no del todo benignas, debe tener sentido. La gente debe saber, el tiempo debe darle un lugar importante a la obra de Tsvetáieva. Sólo si me empeño como hasta ahora, eso sucederá.

—¿Y tu propia obra? —inquirió Gunnar.

—¿A qué te refieres?

—Vamos, sé que también escribes. Me contaste ayer que incluso Mur, tu hermano, dejó algunos poemas sueltos por ahí. Todos ustedes son escritores y los leerán, estoy seguro, investigarán sobre ti, sobre tu padre.

—No estoy segura. Me conformo con que se le haga justicia a los libros de mi madre. Y sí, de toda mi familia soy la que los sobrevive. A veces no es fácil pensar que conmigo se acabe la estirpe. No tuve descendencia. Me fue imposible en un gulag.

—Porque no quieres, tú y yo podríamos. Aún es tiempo, quiero creer.

—No, ya es tarde. Te acabo de decir qué quiero hacer con lo que me reste de vida.

—¿Trabajar solamente por y en la obra de otros?

—Si lo ves de esa forma... Pero no, el trabajo de mi familia es el propio. Dedicar cada una de las horas que pasé en campos de trabajo a esta felicidad de hoy, contigo, con otros cuadernos de Marina recuperados, con mucho por hacer, es más de lo que puedo pedir, de lo que pude soñar en mi juventud. Esto es la dicha, estos segundos, déjame gozarlos —le rogó tomándole la mano, con sus ojos verdes en los azules de él que estaban limpios, brillantes, como el agua del que mar que tocaba el sol a lo lejos.

34
Caldo de muñeca

Querida Alya:

Nadie mejor que tú va a entender que no puedo más. Sé que eres de las pocas que no va a juzgarme, aunque sufrirá con esta decisión, pero sabrá salir del pozo al que los condeno. No me odiarás, estoy segura. Sabes que mi alma no se detiene si de sentimientos profundos hablamos. O escribimos. Siempre has sido así: no buscas conflictos innecesarios, sabes atemperarte, resistes. Ahí donde veo una conflagración, tú apuestas que es un laberinto que nos reta y encuentras el modo de escapar.

Tenerte a mi lado me hizo íntegra. Fue un privilegio ser tu compañera. Jugué a educarte, y me rebasas siempre con tu inteligencia ávida de oraciones que no conocía. El lenguaje de los diarios nos unió. Aprendiste rápido a registrar las emociones, a capturarlas como aves, a contemplar los cisnes más allá de la metáfora. Construiste tus propias imágenes desde muy niña. Me preparabas caldo de muñeca, unías lo improbable con lo posible. A tu padre también supiste respetarlo y admiraste el candor, así como la lumbre creadora de sus ideas. No es fácil saber amar sin argumentos, Alya. A ti te es sencillo por la grandeza de ese corazón que debes proteger. No permitas que enferme, cuídalo. ¿Recuerdas los cuentos de hadas que te conté de niña? Eras tú quien los protagonizaba hasta que te convertiste en la narradora, en la que me los relató para que pudiera continuar durante esos años en los que no supe ser tu madre.

En mi vida pocas cosas tuvieron verdadero valor. Una de ellas fue nuestro diálogo, nuestra complicidad, nuestra pasión por la poesía. Hablábamos el mismo idioma de los ángeles, ese milagroso alfabeto del espíritu que no te costaba trabajo descifrar y que creí, ingenua, que sólo con Rilke o Boris podría sostener. Eras tú otra poeta que brotó de mi sangre, que se forjó en mi entraña, que mamó la vida de quien se alimentó con libros cuando no tenía realidad. ¿Cuántas veces me trajiste de vuelta al mundo con tu paciencia, tu cordura, con esa sed de justicia que heredaste de Serguéi? Nadie me quiso nunca así, de manera incondicional, a pesar de mí, de cada error, de no poder darte lo que necesitabas.

Te ruego me perdones, desde hace días ya no vivo en este mundo. Lo toco, sí, mas no le pertenezco. Me conoces bien, sabes que no lo escribiría si no fuera una gran verdad. Lloro, Alya, lloro porque tengo miedo. Pero ese dolor acabará en breve. Así que estate en paz, no busques explicaciones, que tu mente brillante no quiera encontrar a Hamelin donde no existe.

Si nos sobrevives, como has hecho hasta ahora —soportaste los interrogatorios incluso más tiempo que varios soldados de la Guardia Blanca—, consigue que nuestra vida no se haya padecido en vano. Si estás leyendo esta carta es porque así será. No dejes que los documentos a los que puse fecha de publicación (hasta dentro de cincuenta años) vean la luz antes. No dejes de vigilar lo que dije, lo que fui, lo que canté. No abandones la pluma tampoco. No dejes de respirar en mi nombre.

Eres una maga, sí, el prodigio que alumbró cada momento. Parto ahora como parí, con un grito en la voz, con la conciencia de que nada será igual una vez que todo esté culminado. Lo negro, ese hogar mío, ese refugio al que me voy.

Hablamos mucho de lo que me gustaría que hicieran con mi cuerpo. Si no lo recuperas, sabes cómo proceder con mi memoria.

¡Adelante, cisne mío!

—M.

35
Cuadernos y valija

Murió de inmediato. El coche se quedó sin frenos en una curva a pocos kilómetros de Chantilly. Acababa de vender una de las mansiones de los Weiz en la campiña francesa. Iba a buena velocidad, contento, cantando una ópera entre un paisaje salpicado de lavandas. Con los bolsillos a reventar y el espíritu henchido, le iba a proponer a Ariadna otro largo viaje, de dos o tres años, quizá, por toda Rusia, con el salvoconducto infalible que sólo otorga el dinero. Así que le urgía hablarle. Ella lo esperaba mientras terminaba la traducción al francés de uno de los diarios de Marina. No se percató del exiguo rebaño de ovejas que cruzaba el camino. Intentó esquivarlo, pero el volante pareció cobrar vida propia, una vida que le arrancó la suya al estrellarse con una roca alta. No sufrió. Tenía un gesto sonriente cuando lo encontraron.

Ariadna se derrumbó frente a ese cuerpo que no llegó a los cuarenta años. Pasó largos días en Basilea luego del funeral. Soportó los reproches de Herman Weiz con estoicismo ejemplar; sólo podían culparla del gesto sonriente, imborrable, en los labios de Gunnar. Huyó a tiempo, antes de que el rector, en un arrebato, llamara a la policía de su país. Había hecho la funesta travesía con los restos de Gunnar sin dormir ni comer. En la sala donde lo veló, le leyó poemas haciendo pausas sólo para ir al baño o beber café. Sola, sin alguien con quien hablar del deceso, compró un pasaje para Moscú. Cruzó por tercera vez la Unión Soviética sin nada más que sus cuadernos y una valija. En la aduana pudieron detenerla de nuevo porque no tuvo la menor precaución. Entró como Natalia y durante mucho tiempo se sintió más Astrov que Tsvetáieva.

Desde el corazón siberiano de Alma Karla Sandoval
se terminó de imprimir en octubre de 2018
en los talleres de
Litográfica Ingramex, S.A. de C.V.
Centeno 162-1, Col. Granjas Esmeralda, C.P. 09810,
Ciudad de México.